远方的诗

陈家辉 著

SPM 南方传媒 | 花城出版社

中国·广州

图书在版编目（CIP）数据

远方的诗 / 陈家辉著. -- 广州 ：花城出版社，
2024.7
ISBN 978-7-5749-0227-5

Ⅰ．①远… Ⅱ．①陈… Ⅲ．①散文集－中国－当代
Ⅳ．①I267

中国国家版本馆CIP数据核字(2024)第106125号

出 版 人：张　懿
责任编辑：夏显夫
责任校对：李道学
技术编辑：林佳莹
封面设计：苏星予

书　　名	远方的诗 YUANFANG DE SHI	
出版发行	花城出版社 （广州市环市东路水荫路 11 号）	
经　　销	全国新华书店	
印　　刷	深圳市福圣印刷有限公司 （深圳市龙华区龙华街道龙苑大道联华工业区）	
开　　本	889 毫米 ×1194 毫米　32 开	
印　　张	8.75　　1 插页	
字　　数	180,000 字	
版　　次	2024 年 7 月第 1 版　2024 年 7 月第 1 次印刷	
定　　价	49.80 元	

如发现印装质量问题，请直接与印刷厂联系调换。
购书热线：020-37604658　37602954
花城出版社网站：http://www.fcph.com.cn

目录

CONTENTS

自序　超越梦想

古稀跳海双料王

当你翻开这本书，扫码看完我在南北两极跳海和在泰国空中的跳伞视频，会不禁灵魂一震，继而会为我捏一把汗，说："古稀老人不是年轻人，还逞什么能，冒着风险去玩命，这是活给谁看？"

我说，活给后代看！想想"夸父逐日""精卫填海""愚公移山"都是神话故事，但炎黄子孙非但没有嘲笑他们的壮举是愚不可及，相反，还被他们矢志不移的励志精神感动，他们也成为后人勇毅前行的精神偶像和文化标杆。

敢称古稀跳海双料王，前提必须是古稀年纪，其次是南北两极齐全。敢在南极跳海，未必也敢在北极狂飙。我有一个古稀驴友曾在南极发威，来到北极，面对汪洋大海摇头退缩了。故我敢说，我是迄今中国古稀跳海第一人。

近十年来，中国去两极旅游的人数迅猛攀升。然而，泱泱大国，接连在南极跳海和北极冰泳的勇士屈指可数，就连1911

年全球第一个到达南极的挪威探险家阿蒙森，也未曾有在南极跳海的记载。原因就是，南极跳海是一项鼓舞自己、激励后人、拿着生命去博弈的风险游戏！

那天，当听到广播跳海活动开始后，我猜至少五种人心中的钟摆会在生命与虚荣间来回摇摆：首先是探险家，探险不冒险；其次是亿万身家的企业家，万一不测连带企业受损；三是基础病患者，最易突发心脏病；四是年逾古稀的高龄长者，一旦出事累及全家；五是夫妻同行，有一方会拉后腿坚决不让跳！

记得2016年，我第一个站上南极跳台，耳边就响起船方主持人王尔倩的警示："你在医院手术台上有亲人签字，在南极跳海就得各自量身把握！"2017年在北极跳海，耳边也响起船方主持人王心玲的话："北大的证书好拿，北极冰泳的证书不好拿。"

南极跳海活动前，探险队长和领队赵鑫还打赌说："你们中国团能有10个人跳就不得了啦！"赵鑫笑着说："你等着瞧，至少20个！"结果广播一响，我头一个报到，很快呼啦一阵，身后尾随34人，一个接一个，跳出各种狂飙动作，显示出中国人不同凡响的气概和风采！那年我已古稀。

北极冰泳活动，我也是第一个出现在跳台，那年我已过古稀，也许是"头羊效应"，身后也一下子哗啦上来54人。活动安全员、丹麦退役海军司令惊讶地对中国团领队张雷说："这是我看到的敢在北极跳海人数最多的一次。"

人生充满未知和不确定性，有时一个闪念会点亮人生。回想我等着吹哨的那刻，大脑本能地闪了一下：跳下去能上来吗？但很快自信战胜恐惧："千载难逢的壮举，我来了！" 8年过去，一个转身跳海就变成故事；一个回眸冰泳便成了风景。"古稀跳海双料王"也将成为后世流传的最牛故事和最美风景！

我给岁月以文明。"一剪浮云一溪月，一程山水一年华，一世浮生一刹那，一树菩提一烟霞。"隐世才女白落梅追寻清心静逸的诗境，也是我追求的心灵原乡："舍得放下忘记，淡泊寡欲清心。起终两线实公平，拐点原来有命。时间胜似良药，生命短如寸阴。活在当下才是真，明日生死未定。"

我给时光以生命。为享受时代发展硕果，多看世界奇妙，感受东西方文化的异同，犒劳奋斗一生的自己，我赶在退休后的黄金十年，去寻找精神殿堂，用最美好的时光和闲情逸致去邂逅诗的远方，足迹遍及中国32个省区市、全球137国，勇登地球三极，古稀年纪还当上"两极跳海双料王"。

活着的意义在于追梦

柏拉图说："人是追求意义的动物。"活着是无意义的续命，过程才是寻求意义的生命活动。人生如戏，不在于表演时间多长，在于表演得是否精彩。我想，活着就要追梦，将有意义的灵魂注入无意义的躯体。要活出精彩，就靠两个途径：读书和旅行。

有人说，世界是一本书，不旅行的人等于只看了这本书的一页。英伦才子阿兰·德波顿说："旅行是万众的权利，不同文化程度和人生基调，会使同样的旅途迈出不一样的脚步。"直言眼界决定人的境界，文化是旅行的灵魂。成熟的游客，是以文化为经纬，在旅游的同时，使自己在时空认识上做一次提升。

明代学者金圣叹说："一个旅行者带在身边最必要的东西是胸中一副别才，眉下一双别眼。"几十年来，我的心灵总在诗意般的路上不停地跋涉，总想见识荒山大漠的景象、步步有险的深山洞穴，探索神秘莫测的千年遗址，窥视风情独特的人文部落。

人生在于行走，旅途需要记录。至今，岛国活火山和以胖为美的部落遗风，西欧古罗马浴室，非洲大裂谷，全球三大瀑布（尼亚加拉、伊瓜苏、维多利亚），拉美的三大文明（玛雅、印加、阿兹特克），各国的美食和在南北极威猛一跳的壮举，仍在梦中萦绕。

远方有诗，点亮人生。生命所拥有的价值和精彩不在长度，而在宽度，就在脚下。旅游体验能直接带给人内心的快乐和精神享受！形象意义大于现实意义，这是我活着的终极目标。

《远方的诗》是我不违反本性而任性，纵横驰骋，信马由缰，不逆万物好恶而放松，不为安贫守拙催眠，探索未知，越古穿今，展现多彩人生，感悟丰饶世界的心路历程。本书以独特视角，再现我潇洒全球走一回的追梦过程。

"青山依旧在，几度夕阳红。"我相信，时空跨越千年后，万代后昆通过我的《远方的诗》会得知，原来，我们的远祖是一个阅历丰富、追求优质生活的精神王者；是一个遨游世界、勇于探险、勇登地球三极的浪漫人物！

远祖曾在南极和北极跳海冰泳，乘热气球、滑翔伞看土耳其喀斯特地貌；乘小飞机巡航格陵兰岛、美国科罗拉多大峡谷；在南非、亚美尼亚、马来西亚、巴勒斯坦等十几个国家乘缆车观光；涉足过神秘的玛雅金字塔、埃及金字塔，登安第斯山、乞力马扎罗山、阿尔卑斯山；在伊朗波斯波利斯遗址和约旦玫瑰城、黎巴嫩巴尔贝克神庙，精骛和遥想远征欧亚大陆的古腓尼基和罗马人！

远祖还探险亚马孙河、莱茵河、赞比西河、湄公河等世界著名的河流；观赏过冰岛、瓦努阿图、留尼汪、巴新活火山；曾见过塞舌尔的人体器官树和中国人体器官地貌，目击过马达加斯加的变色龙、非洲五霸（狮子、大象、犀牛、水牛、花豹）和动物大迁徙；探访过岛国裸体部落、非洲红泥人、唇盘族；见过女人留胡子，男人穿裙子的汤加人；与左手拿食品、右手洗屁股的印度人和兄弟共妻的尼泊尔人有过近距离接触。

远祖曾住过世界多地树屋和七星级帆船酒店，品尝400元一只的帝王蟹；体验过刀叉和手抓的用餐方式；洗过全球著名的德国和日本的温泉浴，在撒哈拉沙漠骑骆驼和在泰国骑大象撒欢；与玛雅、印第安、阿兹特克、贝都因、因纽特后裔，人妖和多国孔子学院学生合影……不一而足，精彩纷呈，梦想成真。

旅游要件缺一不可

人生在世，无法预知自己生命的长度，然而，可以自定生命意义，拓宽生命宽度，砥砺前行，渠道很多，旅游便是其中一种。旅游可以怀着好奇心探寻未知，了解别的地方人的生活状态、生活环境和民族风情。读无字书，行万里路，成了我退休后，除读书写作之外，充实晚年的不二法门。

旅游五要件：机遇、基因、健康、经济、时间。我对五要件的排序：机遇是旅游的前提，基因是旅游的勇气，健康是旅游的基石，经济是不差钱，时间是有空闲。多数人光有梦想，没有行动，原因就是受五大要件制约，变为纸上谈兵！

书中我对环游世界五要件中的机遇和健康要求，进行了特别强调和放大。我是恰逢盛世，黄金十年抢先玩转世界；疫情一暴发，三年航线熔断，身体再健康，也一筹莫展；而即使有机遇，没有健康的体魄，也是望洋兴叹！

人世间发生的一切，无一不被时间湮没，唯有健康身体内的精神、高于财富和荣誉的快乐，才是幸福最为重要的因素。当下5G时代，线上线下精彩纷呈，可以老夫聊发少年狂，激情四射走四方：飞机邮轮高铁团，陆地和海上出行，交相辉映。

马克·吐温说："你是一个了不起的人物，但你可能在你的亲友眼里一文不值。"一个人要想实现自己的宏愿，需要有政治家的目光、哲学家的思考、经济学家的头脑，更要有不怕人议论"虚荣是贪得无厌的第六感觉"的勇气和想走就走的气魄。"让人去说吧，走自己的路！"不懈地去追求远方的诗。

"远游无处不销魂"道出了旅游的精彩，太阳每天都是新的。我是怀着一颗素淡的心，去发现和品味旅途的诗情画意。城堡、遗址、废墟、教堂，曾吸引我追思历史，探索未知；蓝天、海浪、椰林、金沙滩，又陪伴我度过无数色彩斑斓的生命历程！无论是陆地打卡，还是海上环游，都在传播历史与现实，讲述自然生态的变化，盛衰规律的轮回。

优美的文笔、飘逸的诗情画意，典雅的哲理金句，一直是我创作的标杆。《远方的诗》试图用怡情养性、开阔视野的功效，跨越国界、穿越时空的永恒，用生命拷问、文化反思，向世界传递阳光向上的正能量，并以独特的视角带你走进全球海角天涯，感受不同民族的心灵原乡。它像旅游指南，更像灵魂教科书。

"岁老根弥壮，阳骄叶更荫。"长期以来，我保持着对未来的一种强大内心状态。古稀之年，我敢在南北两极跳海冰泳，前提是有过人的强健体魄和心理素质，这也是我超越梦想的基石。探险队长说我的外貌比实际年龄要年轻10岁，秘诀就是本人特别注重健康研究和养生投资。

著名作家毕淑敏说，人生三件事的钱不能省，省了会后悔：学习，锻炼，旅游。"肚子软绵绵，疾病不来缠；钱不动是废纸，人不动是废人；竞争力不如免疫力，病得少不如性格好；善治不如善养，善养不如善游。"是我舍得投资健康和旅游的座右铭。书中详细介绍了我保养身体的方法和实效，同时大量介绍每个生命的个体差异、生命现象以及本人和名人养生秘诀。

翻动本书，你还会眼前一亮：书中有源远流长令人神往的亚洲文明、厚重浪漫让人微醺的欧洲文化、粗犷原始充满魅力的非洲土风舞、碧波万顷沙滩椰林构成的度假天堂、神秘古老的泛美和印加文明、宁静与纯净的地球边界南极，而扫码观赏本人勇登地球三极并在南北两极跳海，又是豁然开朗的最大爽点。

掩卷而思，又会让你醍醐灌顶，脑洞大开。原来，平凡可以活出诗意，生活能够如此精彩！反思霞客兄游遍名山大川，没有走出国门；麦大哥乘长风破万里浪玩转地球，未曾勇登地球三极。而今我凭借发达的现代交通优势"坐地日行八万里，巡天遥看一千河"，畅游全球！我常以心问己，你还想要怎样的人生？

2023 年 6 月 12 日于
广州华南御景园天骏斋

开篇语　挡不住的诱惑

一、旅游的诗意

1.闲云野鹤

向往自然，是人的本能需求。过闲云野鹤般的生活，把自己的想象发挥得淋漓尽致，是身份价值的象征和人生最高境界的享受。置身于天地之间，感受宇宙的博大，在广阔的生态旅游中实现灵魂自由，这是旅行才有的诗意人生。

一位德国学者说，退休后做一名世界观光旅行家，是一种不错的价值取向。另一位耄耋之年的美国老人也说，如果有来世，我再也不会那么狂热、执着，我要环游世界，从容地多看日出日落，浏览世界风光。

越是美丽的行程越是险远，北宋大文豪王安石说："世之奇伟、瑰怪、非常之观，常在于险远，而人之所罕至焉，故非有志者不能至也。"人生没有完美，但可以计划好自由时间和多余的钱，去欣赏异域风情，这是我理解的活出精彩！

退休后，我不间断地从地球的东方走到西方，从南极飞到北极，梦想总在远方，脚步一直在诗意的旅途中。攀登南极和北极巡航的惊险，露营珠峰下登高望远的精彩，在南北两极威猛跳海的故事，足够我回味一生！

2. 探索未知

旅游，特别是出国旅游，为何这么火热？原来，它能带给人们一些趣味活动，消除心中的烦闷，留下美好的回忆，最主要是通过对大自然的探源、探秘、探险、探幽、探奇、探胜，可以满足人类的好奇心和神秘幻想。

旅游，经常会看到和听到一些无法解释的神秘现象，许多世界之谜、旷世奇观，只有在旅途中才能了解，譬如：

去到加拿大，导游会介绍北大西洋上有座恐怖的小岛。全岛只有沙滩、小草和灌木。几千年来，在此岛遇难的船舶不下500艘，丧生者在5000人以上。

去到埃及，导游会介绍80座金字塔，最大的是建于4500多年前第四王朝法老胡夫的陵墓，塔高146.5米。工程需要5000万人的国力，而公元前3000年全球总人口也只有2000万。

去到美国，导游会介绍三大怪：一是爱达荷州公路有个魔鬼地带，车辆进入会被神秘力量抛向空中，车毁人亡；二是在肯塔基州沙滩上，有两亿年前的人类足迹化石，脚印还是穿着鞋子的；三是在比密里岛海底，有过文明城市。

去到墨西哥、伯利兹、洪都拉斯、危地马拉，导游会介绍玛雅文明一夜间兴起，经历数千年的辉煌，又神秘失踪。玛雅人掌握高度的农业、数学和天文知识，如今仍有后裔居住在美洲各地。

去到英国，导游会介绍4300年前的巨石阵遗址，是史前欧洲最神秘的遗迹。石阵主体是由一些巨大的石柱排列成的几个完整同心圆、直径约90米的环形土岗和沟，小的巨石有5吨，大的达50吨。

去到俄罗斯，导游会介绍贝加尔湖的湖水不咸，却生活着海豹等众多的海洋生物；苏联太空拍下照片，金星上有大量的城市遗址，金星温度在500℃以上，狂风吹袭，经常下硫酸雨，足以毁灭生物和建筑物。

去到意大利，导游会介绍公元前7世纪，人口稠密、商旅云集的古城庞贝。公元79年，维苏威火山爆发。庞贝遭遇了毁城之劫，居民全部遇难。

去到南极，专家会介绍，该大陆年平均温度-25℃，被称为"世界寒极"，却存在着不冻湖。该湖表面薄冰层下的水温为0℃左右，16米深处水温高达25℃。

去到澳大利亚，导游会介绍荒原上躺着一座巨石，底座长约9公里，上面寸草不长。神石在夕阳的映照下，从绯红色变为深红，后变为橙黄，再变为紫色，又变为灰色，最后变成黑色。

去到秘鲁，导游会介绍全球面积最大的画在秘鲁纳兹卡高原。从飞机上俯瞰，地面许多巨大的动物图案和几何图形，画画的人是外星人吗？

去到巴西和印尼，导游会介绍亚马孙雨林和爪哇岛上，长着一种名叫"奠柏"的吃人树。一旦有人或野兽触及其中一根枝条，枝条会流出一种液体，把人或兽消化掉。

去到刚果（金），导游会介绍1987年，科学家无意中闯入一个与世隔绝的古老部落，部落里的人对太阳系的知识极为了解。170多年前，一艘火星飞船避难到此，与当地的土著人生活在一起。

去到智利，导游会介绍复活节岛内有887尊人像摩艾。摩艾高2米。在起重机尚未出现的时代，数千吨重的石像，从何处运来安放整齐的呢？

二、不是医院胜似医院

不是医院胜似医院，有调侃夸张色彩。旅途的确不是医院，但它起到的作用，是医学无法解释也永远解释不了的。

1.防范基础病

2013年，我在一次印度之旅中，遇到一对领企业社保金的退休夫妻，将两人4000多元养老金全部用来旅游。他们说，进了医院，无价可讲。我们用别人住院的钱来旅游，防范生病，还能天天开心过日子。

同年，我去广西巴马旅游。车上一位80岁的退休干部说，他有3个孩子都有好工作，完全不用他的钱，他将全部积蓄用来旅游。十多年来，没有基础病，从未看过医生，能吃能睡，不用夜尿。

2019年，我的中东之旅有个年逾70的旅伴，他一直游走在旅途上，十多年很少生病，连他此前的神经衰弱和支气管炎都没有了。那些不爱旅游的同龄人，去世了七八个，健在的不是病入膏肓，就是靠鼻饲度日。

2.灵治疑难杂症

2002年，央视4频道《人物》栏目播放名人访谈。受访者是才高八斗的国学大师文怀沙老先生，他的旅游故事太启发人了。

主持人问：文老您今年高寿？文老：46。主持人：您这样的一位老人，怎么才46岁呢？文老：也就是说，92岁。文老说：我心中所想，都是那些美好的东西；我愿意看的，也都是那些美好的东西。

他说：我一生坐过好几次的牢。可是，我从来不把那些倒霉的事放在心上，始终保持乐观的生活态度。他讲了一个匪夷所思的故事。

有一年，生病住院，专家检查后告诉他，肝癌晚期。他问专家，还能活多久？专家说最多两个月。文老听后，用手在大腿上掐了一把，感觉很疼，心想：我的知觉还好，怎么会最多两个月呢？

想到这里，他突然放声狂笑，笑毕对医生说：给我开些药，立即办理出院手续！文老出院后，偕同夫人走出了家门，离开了北京。

文老完全忘却眼前的死亡之路，陶醉在大好河山中。两个月过去了，半年也过去了，一年又过去了。当两位老人回到北京，文老再去301医院检查，奇迹发生了，肝癌病灶不见了！文老由此坚信：旅游和乐观对人的健康至关重要！

如果说这个故事有点像神话，那我2016年在邮轮上所见一对夫妻的故事，却是真实的。妻子12年前发现癌症，化疗要50多万元。丈夫不想让妻子受苦，陪着她周游世界。旅游12年后，她去医院检查，癌症病灶没有了。

船上另一对云南夫妻，主妇曾患尿毒症，治疗花了50多万，后来干脆用旅游打发时光，结果奇迹般恢复了体能。于是夫妻开了一家培训机构和家政公司，现在赚了钱出来玩遍世界。

2009年，我参加赴朝旅游老年团。78岁的广东江门陈老伯，想到有生之年难得一次去朝鲜，两个月前便报了名。不料临出发前，双脚痛风浮肿，为不误行程，连打3天吊针。到出发那天，针头一拔，途中13天竟然安然无恙。

2019年，一同进行中东六国之旅的延安米老对我说，在职时做了肾手术，退休后一直坚持旅游，奇迹发生了，手术后恢复得很好，几年下来很少看医生。他说，非盟56个国家，他走了46个，若身体没变化还打算继续走。

中东六国之旅的室友是新疆一家医院的主任医师，他也说，他在南极游中有一个驴友更牛，做了大肠癌手术，医生预判他顶多能活3个月。那位驴友横下一条心，要去一趟南极，说死了也甘心，结果活了3年下来都没事。

3.治疗抑郁症

旅游的疗效，更适合迈出监狱的人和失恋者、独身者、抑郁症患者。用"无数失眠的夜晚""那一瞬天都快塌了""不是所有的疼痛都能呐喊"来形容他们往日的糟糕心情，最恰当不过。

"三千年读史，无非功名利禄；九万里悟道，不外诗酒田园。""世界以痛吻我，要我报之以歌。"旅游那么精彩，完全可以包容所有的悔疚和迷惘。这时，想去哪里抬脚就走，世界万千精彩等着你一睹为快。

据世卫组织《2022年世界精神卫生报告》，全球10亿人正在遭受精神障碍困扰。人民日报发布《2022年国民抑郁症蓝皮书》显示，目前中国患抑郁症人数达9500万人，18岁以下抑郁症患者超2800万人，50%的抑郁症患者为学生。

时间可以淡化一切。轻度抑郁症患者如果经常出游，通过转换环境，放松心情，会达到不治自愈的效果；中度以上的抑郁症患者，让旅途中的精彩，辅以药物规范治疗，通过自我调整，也会有明显改善。

第一篇　穿越亚细亚

行前攻略：

亚洲，全称亚细亚洲，古代人将地中海以东叫作亚细亚（意即"日出之地"）。是七大洲面积最大、人口和国家最多的洲。世界三大教（基督教、伊斯兰教、佛教）皆源于此，四大文明古国占据三席。

东亚5国：中国、日本、韩国、朝鲜、蒙古国。

中亚5国：哈萨克斯坦、吉尔吉斯斯坦、塔吉克斯坦、土库曼斯坦、乌兹别克斯坦。

南亚7国：印度、巴基斯坦、孟加拉国、尼泊尔、不丹、马尔代夫、斯里兰卡。

东南亚11国：新加坡、马来西亚、泰国、柬埔寨、缅甸、老挝、越南、印尼、菲律宾、东帝汶、文莱。

西亚20国：黎巴嫩、叙利亚、阿富汗、伊朗、土耳其、伊拉克、以色列、约旦、巴勒斯坦、塞浦路斯、阿塞拜疆、亚美尼亚、格鲁吉亚、阿联酋、阿曼、巴林、科威特、卡塔尔、沙特、也门。

以下是我从自己走过的亚洲国家中，精选出较有特色的国家，根据旅途中导游的讲解，结合自己途中的记录，再充分调动、发挥和挖掘自己的客观认知和文学素养，归纳成篇。

一、文化同源的东瀛——别眼看日本

美好的日子总是属于回忆的。有人将一生有无游历过名山大川和异域风情，作为衡量活着是否精彩的标志。原来，名山大川锻炼意志，洞天福地陶冶性情，在异地他乡增长见识。

人生起伏不定，生死难料。历史上很多名人大咖，在为生存奋斗几十年，尝尽人间酸甜苦辣之后，倘有能力，都会去感受异域风情，可以获得改善心智、陶冶情操和愉悦身心的乐趣。

徜徉山水之间，放浪形骸之外；耳绝了闹市的喧嚣，心寂了功利的浮躁；在时空的隧道里静观日出日落，漠视月缺月圆。这种物我皆忘的感觉，是我2005年一次赴日本探亲，坐在航班上刹那间产生的。

对于日本，最初我是从相关资料略知一二。一个最适合居住的国家地区排行榜显示，世界111个宜居国家，日本居第17位，也是21世纪梦想一看的21个国家和地区之一，日本的护照含金量居全球第一。

从飞机上俯瞰，茫茫一片，蓝色海洋裹挟着星星点点的橘黄色陆地。这个由4大岛、3900多个小岛组成的岛国，便是有

▲2005年，我在日本奈良社区图书馆阅读戴季陶的《日本论》

东瀛之称的日本。飞机在大阪机场徐徐降落。亲临其境，果然静如处子、秩序井然。

中日文化同源

找到许多中日文化的互通点，是我此次日本之行的一番快乐和收获。在日本，不懂会话，文字可以交流。触目所看，都是汉字，譬如"奈良国立博物馆"，甚至"毕业证"都大同小异，只是表述不同，感觉仍在国内旅游。除了"株式会社"（股份制公司）、"子供"（小孩）等，"积德一刻""出入口"、古典四大名著和"腰痛、关节痛"之类的说明书，戴季陶的日文版《日本论》一看即懂。

日本的图书馆、博物馆等公共文化设施相当完善。每个社区都有图书馆。日本图书馆里有中文版的中国古典四大名著，其余大都是日文和中文相间的读物，读音不同，表达的意思还是能看懂。

2005年10月11日，在日本京都北山金阁寺，寺里的老和尚用繁体汉字为我挥毫泼墨，只见他嘴里念念有词，很虔诚的样子，写完"祝全家开运招福，家内安全"，双手合掌递给我，这个条幅我珍藏至今。

因此在日本探亲的日子里，我一点也不枯燥，天天在奈良、鹿台图书馆涉猎藏书。这里的《日本书记》记载公元670年（日本天智天皇九年，中国唐高宗咸亨元年），开始用"日本"为国名，意为太阳升起的地方。

中国对日本的影响，尤以佛教传入为契机，使日本进入"神道空间"和"佛教空间"。而今京都、奈良城里比比皆是的"寺庙""神社"都留下这种交流的见证。

旅游对学习历史大有好处。这次日本之行，在神户，我到舞子公园瞻仰了孙文纪念馆。据说，当年日本侵华，不敢侵扰他的家乡，就因为天皇曾与孙文有故交。

日本还是鲁迅及梁启超曾经学习与战斗过的地方。到日本京都，少不了到岚山。岚山的风景万千瑰丽和神奇，让人神往。山脚下是一条水质清澈的河流，河一边是平坦的河滩，另一边是直立的山壁。

山上郁郁葱葱，有松树、杉树、竹子、樱树和枫树。樱花盛开在4月，在两边夹着修长竹林的林荫道上漫步，心旷神怡。山麓龟山公园内建有周恩来诗碑。

1979年日本一些友好团体和人士，在岚山专门建起一座

▲中国高僧鉴真于唐朝天宝元年（公元754年）到日本后最初驻锡处。现存高16.21米的鉴真大佛像。唐招提寺由鉴真创建，后来鉴真圆寂于此，是中日千年文化交流的见证

石碑，刻上了《雨中岚山》这首诗。石碑上的字是廖承志写的。

2007年5月18日，我在周恩来诗碑前遥想，周恩来当年为何会去日本，又怎么会去到京都并两次游岚山呢？

原来，1917年9月，19岁的周恩来从南开学校中学毕业后，面对当时苦难深重的中国，毅然东渡日本，由天津乘船抵东京，去寻求挽救国家危难、解除人们痛苦的途径与方法。行前，他挥笔写下：

大江歌罢掉头东，邃密群科济世穷。

面壁十年图破壁，难酬蹈海亦英雄。

这首诗表现了青年周恩来要为拯救中华而奉献一切的豪迈气概。其中最后一句最为感人，意思是：即使理想无法实现，像陈天华那样投海殉国也是英雄。

在东京期间，周恩来每天去东亚高等预备学校学习日文，准备投考日本的高校，并积极参加中国留学生的活动。但是，他两次入学考试都因为日文不合格而失败。

1919年春，天津传来南开将办大学的消息，于是，周恩来决定"返国图他兴"。4月5日，他在细雨绵绵中漫游岚山，写了三首诗，分别是《雨中岚山——日本京都》《雨后岚山》《游日本京都圆山公园》，后由神户港登船回国。

时光穿越百年，2020年，全球疫情暴发，数批日本捐助的抗疫物资因标语引经据典而走红网络，其中"岂曰无衣，与子同裳"鼓励共渡难关。"青山一道同云雨，明月何曾是两乡"引王昌龄诗，表达一衣带水友邻的安慰与共情。

日本富山县捐赠的物资上写着"辽河雪融，富山花开；同气连枝，共盼春天"，化用《千字文》中"孔怀兄弟，同气连枝"，表达了携手共克时坚和期盼疫情结束的愿望。

湮没了的艺术

有人说，旅行是一种湮没了的艺术，是足力、目力、心力的一种综合考验。游历日本，只要你肯跑、勤看、多思，每天都可以发现许多金钱买不到的视觉愉悦和精神享受。

京都，有"千年古都"之称，仿中国唐代长安和洛阳模式建成。现有寺庙1500余所和神社200余座，以清水寺最著名。

汇集世界文化遗产的历史名城奈良，公元7世纪曾为日本首都。其街市布局和建筑都仿唐都长安。宫殿、寺庙、神社等古迹极多，如平城宫旧址、皇陵、东大寺、唐招提寺等。唐招提寺是中国唐代高僧鉴真到日本后最初驻锡处，现存高16.21米的鉴真大佛像。唐招提寺由鉴真创建。后来鉴真圆寂于此。

中日感恩文化同源异流。每个国家都有自己供奉祖先、神仙或信仰人的地方。中国就有祠堂或庙宇供奉神灵。

日本人的精神图腾是神社。神道的信仰中心，社的起源甚早，但该宗教建筑的真正深入民心与发扬光大，应该是19世纪的明治维新之后。

神社主要祭祀对象一方面为主神即天照大神（也称太阳女神），一方面也崇仰自然万物及各种神灵，最具代表性者为全日本将近十万座、掌管财富与农作物的稻荷神社。

日本最重要的神社包括供奉天照大神的伊势神宫，最古老的神社出云大社，世界文化遗产严岛神社，供奉明治天皇的明治神宫，供奉德川家康的日光东照宫与近年引起颇多争议的靖国神社。

日本人在每年新年会到神社参拜，通过捐献、祈求和求签等途径希望新的一年吉祥。日本有神社10万多个，其中供奉了三个中国人：徐福、蒋介石、林净因。2016年，我们的46天南太平洋之旅，来到日本的福岗，就见到徐福雕像。

徐福，是2000多年前中国秦朝的一名方士，秦始皇命令徐福，带着三千童男童女东渡瀛洲（日本），寻找长生不老药。

徐福到日本后，不可能立刻就找到药，所以就定居下来，从此再也没有回到祖国。徐福生活的那段时间，为日本做出了很大贡献。为了纪念徐福，日本人就把他供奉在神社里。

蒋介石，是国民党的党首，他曾率领国民党军将士抗日，直至日本投降。日本被中国打败后，两万名日本军人被基督徒蒋介石派兵护送回国，这在当时，确属一种人道主义的法外施恩，因

▲在位于东京的东洋大学图书馆，我偶然发现1904年留学日本东洋大学的徐锡勋（今广东乐昌两江人）的书，他在日本与蒋介石同时加入孙中山的同盟会

此，日本人建设了中正神社供奉他。

林净因，是北宋时期林和靖的后代。唐朝的时候，日本有很多遣唐使来到中国学习儒家文化。当时有一个老僧人就是林净因的师父，老师父学成回日本，徒弟于心不忍，就跟着一起去了日本。

毕竟两个国家饮食习惯不同，林净因为了改善伙食，做出一种豆沙子，当地人非常喜欢，还受到皇室的赞扬。日本皇室为留住林净因，就让他和一名宫女结婚，结婚时做了一种白色和红色掺在一起的馒头，后来成了当地的风俗。

▲图中的小学生陈禧骏幸赖父母留学日本的机遇，2008年春，6岁报名入读日本奈良生驹市鹿台小学，成为当代中国最小的留日学生之一

林净因的师父死了以后，他便离开了日本，再也没有回来过。日本人为了纪念他，也将他供奉在神社里。

中国近代诗人艾青说："诗给人类以朝向理想的勇气。"世界万物皆有因果，上天只偏爱善良的人们。

据悉，在中国的出境游客中，去日本旅游的是最多的。大家都想去看北海道樱花，看富士山，体验日本和服、泡日本的温泉。

如果你有大面积的文身，日本的澡堂一般都不会愿意接待你。因为在日本，文身往往是黑道的标志，怕吓到其他客人。男女共浴的风俗在日本源远流长，欧美等国因此潜心研究日本文化，希望能够找出答案。

中国赴日留学生

《留东外史》有句："落后要挨打，弱国无外交。"这是亘古不变的真理。近20年间，中国向世界各国派遣的留学生已达56万，而在日本的中国留学生就超过10万。

在东京、京都、大阪、神户和关西机场，我还碰上多个来自中国的从事勤工俭学活动的留学生。他们遍尝酸甜苦辣，有的靠东寻西借，有的靠外出打工维持学费。

这些中国留学生都说，青春是趟单程旅途，走过了就不能回头，过了就过了。因而他们很珍惜现在的时光，特别奋发拼搏！

据载，"留学生"一词，是日本的原创。唐代，日本派大量遣唐使来中国学习，当遣唐使回国后，仍然留在中国学习或研究的学生便称为留学生。

中国历史上出现过三次留学海归高潮：第一次是汉唐时期。最典型的东晋的法显和唐朝的玄奘（唐僧）。留学目的地是印度；第二次是清末民初，留学目的地主要是日本。

据日本奈良鹿台图书馆的《日录杂志》和《留东外史》记载，1900—1911年，清政府派遣大量学生出国留学，留学日本的学生人数达到2万。至今仍保存蒋介石、周恩来、徐锡勋、鲁迅等人当年留学日本的图片。

"好男儿志在四方"，当国内大多数人还留着长辫子，一批西装革履的先进青年已东渡日本留学，留学专业以政治、法律和师范教育为主。留学学校多为东京帝大、京都帝大、东洋大学、大阪帝大、日本大学、早稻田大学等日本名校。

他们学成回国后很多人成为政治伟人、军事天才、科学巨匠、文化精英及杰出外交家。其中有陈独秀、李大钊、周恩来、王若飞、董必武、林伯渠、张闻天、邓子恢等中共名人；有蒋介石、汪精卫、廖仲恺、宋教仁、阎锡山、何应钦、白崇禧、汤恩伯、徐锡勋等国民党名人，还有鲁迅、郭沫若、周作人、田汉、周扬、夏衍、艾思奇等文艺界名人。

华南农业大学二级教授陈乐天，搭乘的是中国历史上第三次留学海归热潮的顺风车，留学目的地则是发达的日本，师从德艺双馨的泰斗式科学家岛本功。

日本人喜洗温泉浴

现代文学大师林语堂说过：中国人最会享受生活的是庄子、孟子、老子、子思和陶渊明。去日本，发现日本人观念超前，他们认为"高收入"在生活中只起"缓冲"作用，更看重金钱买不到的幸福和快乐。

日本与德、法等国一样流传"酒喝三家，澡洗三次"，把性与肉体分开，分时段男女裸身共浴。这些，都能够让人感受到日本人对洗澡的执着。日本是当今世界上屈指可数的"温泉大国"，境内温泉的总数量就高达3万个。

自古以来，日本便形成了自己国家独特的汤治文化、入浴文化以及温泉文化。

日本泡温泉，讲究的风俗是非常之多的。日本人爱洗澡泡澡，特别注重温泉汤池的卫生。在泡温泉前，都会将自己洗得干干净净，然后裸身进入汤池之中。

因为日本人认为，泡温泉是尊重大自然，回归大自然，不能够将自己的衣物带入池中。其实，在古代，日本就已经有着"男女共浴"的习惯，这种习惯一直持续到了明治天皇时期。

后来他们提出了男女有别，"男女共浴"的洗浴观念也不被认可，因此到了后来都会用一块布帘将男女区域隔离开来。所以，去日本旅游的时候，要提前了解好日本的洗浴文化，以免闹出尴尬与笑话。

日本是全球10个大米出口国（中国、印度、日本、泰国、越南、印尼、孟加拉国、缅甸、菲律宾、巴西）之一。

日本的旅游火爆，京都附近的旅游点，来自世界各地的游人熙熙攘攘。我环游世界发现，无论在偏僻的南太平洋岛国，还是在加勒比海沿岸国家，都不乏日本人的身影。在日本的旅游大军中，中青年与老年人比例各占半壁江山。

这与中国旅游大军以中老年退休群体为主体不同，中国酷爱旅游的是老年人中的文化人和富人，退休后有强健的身体，足够的时间，充实的经济，浓厚的兴趣支撑。

日本旅游热的背后是日本人崇尚活在当下，小到小学生重视仪容衣着打扮，西装革履；老到七八十岁仍讲究染发，穿花衣服，有尊严地活着；四五十岁就想着，不知"明天和意外哪个先来"。

孤独死已成了日本一个很重要的社会问题，在日本，只算老人，每年就有27000人孤独死。即使是有伴侣和孩子的，也有57%对孤独死感到不安。

在日本，有一种"死前准备研讨会"，大家探讨自己孤身一人将来离开的时候会如何死去；没有人照看，会在什么地方被发现。

于是，不少日本人五十岁会变卖固定房产、车辆；六十岁清理家具、收藏，捐赠书籍；七十岁取消绑定银行卡的会员按月自动扣费。

"人生，五十岁后才真正开始。"反观中国父母退休后也都希望拥有自己自由的生活，享受天伦之乐。但很多中国家庭迫于生活费、房贷、奶粉钱等的压力，老人不帮着带娃，很不忍心，这个小家庭也很难轻松工作。

日本的教育

据说，当下中国大学生留学首选的国家是美国、英国、日本、法国、德国，其次是芬兰、以色列、瑞典、意大利、加拿大，再次是荷兰、丹麦、瑞士、澳大利亚、挪威、比利时、俄罗斯、新加坡、韩国、捷克。

当海归人员持有上述国家，特别是美国、英国、日本名牌大学毕业证回到国内应聘，会非常抢手。

日本进入世界前100强的大学有：东京大学、京都大学、大阪大学、东北大学、名古屋大学、东京工业大学。

在中国，博士生竞考行政官员成为热门已是不争的事实。而日本人的思想观念、生活习惯与国人迥然不同，教师是全社会仰慕的职业。

在日本，教师的职业声望、社会经济地位都很高。一个鹿台小学的教师月薪50万日元，约合人民币3.5万元；一个鹿台中学教师的月薪70万日元，约合人民币4.9万元；而一个大学助理教授年薪为100万元人民币。这个数比美国加利福尼亚大学的教授年薪20万美元略低，却比澳大利亚大学教授年薪15万澳元（约合人民币72万元）要高。

中国的娃娃处处受到父母呵护："入学的书包有人拿、雨中的花折伞有人打，受委屈的泪水有人擦，这个人就是妈……"

日本人的勇武和团队精神，从娃娃开始抓起：幼儿园，在日本叫幼稚园，从小开始军事化训练，戴军人鸭舌帽。幼稚园的教育从生活点点滴滴教起。从小学会孝敬长辈。娃娃跌倒了，父母不会去拉，而是鼓励他，从地上勇敢地爬起来。

日本的细节

去日本如果参加旅游团，行色匆匆打卡式，很难深入品味其与中国的文化差异。走进奈良的鹿台社区，触目可见，家家户户都是园林绿化景观，花木修剪得整整齐齐，赏心悦目，景色宜人。遛狗，是日本社区一景，但管理严格，每人备有装粪袋，将狗拉的粪便带走。

日本对公共卫生的管理也让人感喟称叹！垃圾分类相当明细。在游人如织的大阪影视城、京都清水寺，所有洗手间都像星级酒店一样设施完备，大学里还是坐式自动冲便器！不管你何时何地进入日本厕所，卷筒纸总是满满的。

日本城镇化程度特高，城乡合一，三步一景，五步一诗。但见茂林修竹，花团锦簇，游乐设施随处可见。大阪，有日本副中心之称，繁华程度堪与东京都比肩，来自世界各地各种肤色的游客和留学生触目可见。

漫步东京、新宿、横滨的繁华街头，到处都是挨肩擦背，人头攒动，车流如鲫，却听不到人群的喧哗声和车辆行驶的喧嚣声。一个个都能循规蹈矩，没有争先恐后、杂乱无章的纷扰现象。

排队游乐、排队上车、排队购物，已成为日本一道道亮丽的景观。在人群拥挤的超市、车站、步行街或表演会场，同样秩序井然，没有喧哗声，地面见不到纸屑、果皮、烟蒂。

日本人以车代步，然而，小学生每天背着大书包成群结队步行，却不见家长车接车送。堵车二三公里长，却不见一辆小车超车抢道。在日本，不论何时何地，他们都乐于同陌生人合影。

2005年，我在日本奈良鹿台晨运，不觉走得较远，一时迷了路，这时过来一部的士车，我一招手马上停下。我用纸条写上汉字地址给司机，他免费把我送到目的地。

2007年，我从大阪乘机回广州白云机场，一到机场，无法联系前来接机的朋友冯立志，我向机上刚认识那个日本人求助。他笑着示意前来接机的佛山老板，要他把手机给我呼叫冯立志。两件事都是在关键时刻，日本人毫不犹豫施以援手。

日本人注重家居文化享受，在奈良，我们接受了朋友宴请，他们将寿司和生鱼片为代表的日本风味，加入菜泥、姜末、紫苏等作料，不但味道鲜美，而且花色品种繁多，可谓大饱口福和眼福。

日本节省土地，除了东京大都市八车道，国道都是四车道为主。在日本，我看不到一缕黑烟。原来日本重视环保，污染企业都往国外扩张。有个爱机汽车公司，就在7个国家建立了

12个分公司。

可能正是受"岛国意识""武士文化"的熏陶，决定了日本人天生好强。在成为强者之前，他们特别崇拜强者，学习强者，恭顺谦卑，虚心求教，并不惜采用一切手段。

有个故事，日本曾派出一个使团赴德国参观世界一流的印染企业。当参观染料车间时，其中一人突然掉入池里，大口吞食染浆而死，使团立即将他的尸体运回国内解剖。经过对吞入肚里的染浆进行化学元素分析，日本很快获取德国印染方面的关键技术，以至于后来日本的印染技术全面赶上并超过德国。

据载，公元7世纪，日本曾大规模输送遣唐使来华，虔诚地学习盛唐先进文化和律令，努力构建与唐帝国同质的国家组织，致力于形成与中国的同质文化。引人深思的是，今天的日本，"倭"字仍广为流行，触目可见。

这是否就是中国式的"饮水思源""励精图治"的克隆和"岛国意识"与"武士文化"的写照呢？日本人的人生观是：人生28岁要有野心，40岁要有实效，46岁很充实，58岁仍要挑战，65岁展望未来。

日本的发展快得令人震撼是通过数字来说明的。一组资料显示：1969年，日本GDP超过联邦德国，而日本经济发展的速度和扩张直让美国惊呼，日本在购买美国！

美国企业在日本和德国的销售额相当于中国和印度的6倍多，科技水平、能耗、环境效率等指标和国民生活一系列的指数，都超过中国。

日本和德国仍然是当前世界经济的主力。还在20世纪70年代，年满70岁的日本老人便已看病免费。

在日本旅游的日子里，我想起长寿学者周有光说的一句话："我们既要有站在中国看世界的眼光，也要有站在世界看中国的眼光。"

我们曾以中国制造、中国建筑、航母、核潜艇、天眼、航天站、人工智能、刷脸支付技术领先世界引以为傲，然而，当我们为这些领先世界的技术津津乐道，很快就被国务院研究室综合司的一项专访调查结果吸引，变得前所未有的客观、理智和冷静。

2018年11月13日，国务院研究室综合司司长刘应杰，组团到日本进行21天的调研，围绕转变经济发展方式的主题，到东京、大阪、福冈等地，考察有关政府部门、企业、大学、研究机构。

通过访问考察，我们深深地感受到，对日本发展的看法和评价不能简单地被中国经济总量超过日本，成为世界第二经济大国的表象掩盖。

日本经济社会发展，已经进入高度发达文明程度。中国在现代化的道路上，与日本相比还有相当大的差距。我们必须清醒地认识到中国发展的定位，抓住机遇加快发展自己，更加重视生态环保和社会发展，全面提高我国的国民素质。

日本虽然经历了20多年的经济低迷，但经济运行比较平稳有序，经济和社会管理的各个方面都达到精细化的程度。

日本的就业相对比较充分，人民生活比较富足，国民心

▲2007年，作者夫妻参观日本京都大学

态比较平和，社会秩序安定和谐，城乡地区之间发展比较均衡。

日本有强大的高端工业制造能力。三菱综合研究所的中村裕彦先生说，日本为什么能够成为世界上的高端制造大国？因为日本没有多少资源，能源自给率不到20%，粮食自给率只有28%，要维持日本的生存、满足能源和粮食的进口需要，就必须发展具有强大竞争力的制造业，这是日本的生存之道和生命线所在。

正是以这种深刻认识和进取精神，日本牢牢占据世界制造业的高位。工业实力和强大的制造能力成为日本最重要的王牌。工业制造业的高度自动化，使日本成为机械设备和工业机器人制造大国。

日本实行"技术立国"战略，在研发领域始终保持世界至尊地位。研发投入占全球研发投入总量的20%，而其人口只占全球2%。科研投入相当于国内生产总值的3.4%，其中77%来自企业，经合组织成员国平均水平只有23%。

全球十大发明型企业中，有八家在日本。其专利发明集中在电子、机械、精细化工、纳米新材料、能源与环保等高科技行业。在可见的将来，日本的技术领先地位难以动摇。

日本近1.28亿人，居住在本州岛为主的37.78万平方公里的列岛上。完善的基础设施，特别是发达的综合性立体交通体系，使到处的交通都很通畅，包括东京这个国际化大都市，看不到长时间堵车的现象。

城市地下铁路、地上轻轨构成立体交通网，人们出行首选轻轨和地铁，很少开车上班，大公司的经理、政府高官也乘坐地铁。

日本在生态环保方面成就突出。日本虽然是一个地域狭小、自然灾害频发和多山的国家，但每个人都自觉地保护生态环境。

日本的森林覆盖率达到64%，穿行在日本的城市之间，高速公路在山洞和桥梁之间通过，山峦到处都被森林覆盖，一片郁郁葱葱。即使在繁华的东京，高大的树木、整齐的草坪随处可见，有土地的地方就被绿色的植物所覆盖。

日本无论是城市还是乡村，给人的第一感觉就是干净，在任何地方，都看不到乱扔垃圾和随地吐痰的现象，也没有如美国纽约地铁乱写乱画的问题。

日本是世界上垃圾分类管理最严格的国家，家家户户自觉对垃圾进行分类，按时定点收集，人们出门都自觉地带着塑料袋，把准备扔的垃圾保存起来，放在回收垃圾的地方。

日本国民具有强烈的节约意识。饭菜分量较少，够吃即可，即使大家聚餐，所点食物也是够吃就好，不会有吃不完浪费的现象。

日本好发地震海啸和核辐射，造成电力紧张，提倡和推行各行各业和全社会节能，办公室、家庭和许多公共场合都只开一半的灯，虽然没有强制，但人们都非常自觉地实行。

日本是世界上节能减排做得最好的国家之一，一些企业配备有能源管理师，负责落实节能标准。

交通节能也是日本节能的一大领域，政府大力发展公共交通，国民自觉不开汽车，现在骑自行车在日本又流行起来，因其既节能，又减少污染，还可以锻炼身体。

日本社会给人的第一感觉是有序。交通人流都在无形中听从一个指挥，就是都遵守规则。在大城市的街道上很少能看到警察，各个路口只有红绿灯在指挥交通，绿灯亮时发出“嘀嘟嘀嘟”的声音，提醒盲人可以过马路。

日本是世界上交通事故率最低的国家。车和行人严格遵守交通规则，无论是市内还是市外车流，看不到强行并线、超车、加塞，甚至进入逆行道往前超车等违反交通规则的情况。

日本是一个很守规则的社会，也是世界上犯罪率最低的国家。陪同我们的人说，他在日本生活二三十年，基本上没有碰到过丢东西的现象。中国人总是说：你帮我看着东西。可日本人不明白，东西你看它干吗？

在日本的机场、饭店、宾馆，经常可以看到放着没人看的行李，旁边人来人往，并没有人觉得东西不安全。日本没有人家装防盗门，窗户也没有防盗网，因为他们不担心会被盗。

日本的软实力表现在全方位的细节上，街上停放的自行车、摩托车，有些是上锁的，也有不少是不上锁的。这也印证了日本社会的安全。我们感到，在日本真使人有一种"路不拾遗，夜不闭户"的感觉。

日本实行严格的个人所得税和遗产税，遗产税率从10%到70%，是调节收入分配的有效手段，日本的基尼系数大约是0.285，中国的基尼系数在0.55，是日本的两倍。

日本也是世界上人均寿命最高的国家，女性平均寿命为85.33岁，男性为78.33岁，人们普遍承认，日本的国民素质很高。一是讲礼节。日本人诚实守信，在商业买卖中几乎不会发生欺诈行为，坑蒙拐骗的事情很少发生。日本的企业以讲究信用、产品质量精良著称于世。每个人都尽力做到尽善尽美。

穿行在日本街上的小汽车，都是擦得干干净净，每家每户每个商店门前也都是收拾得整整齐齐，这也是"不给别人添麻烦"的具体表现。

日本人严格自律。穿西装是一种自律的文化要求。日本的大街上地铁里，看到的上班族都是西装革履，连出租车司机也都是西装领带，和公司白领没有差别。

日本是一个高度一致的社会，没有民族、种族、语言、文化差别，更没有社会冲突。大家都融入集体行为之中，为了集体和社会利益，甘愿放弃自己的个人利益。

中日经济处在不同发展阶段，有很大的互补性。日本有先进技术管理和人才优势，中国有丰富的劳动力资源和不断发展的国内市场。这些都给中日经济合作提供了巨大的空间。

漫步京都大学、先端科学院大学，走进"读卖新闻""朝日新闻"新闻铺头，定睛大阪、生驹役所，回首奈良药师世遗，不管有多少不解和惊讶，只是我们的推断与猜想，很难从中找到真正的答案。

所以，旅游一旦介入政治，便很难赋予客观评价。2017年，在46天的环游南太平洋邮轮上，我就见到一帮游客，围攻一个称赞日本国民素质高、服务水平好的女游客，骂她"美化日本，是卖国贼"。

我们可以这么说，各国的发展，优势互补，各有千秋。这时我想起拿破仑的一句话，中国是一头沉睡的雄狮。现在这头雄狮醒了！这使我想起一副对联："无法改变天气，可以控制自己；不能改变别人，能够掌握自己。"一个人，一个国家"今天比昨天好，明天肯定不是梦"！

二、出国何以首选新马泰

导语

改革开放后，中国人出国会首选新马泰，大概基于三大原因：一是新马泰集世界所有精华，世界其他地方有的新马泰都有；世界其他地方没有的，新马泰也有。

二是中国与新马泰三国的时空距离较近，出行较为方便，出入关的中转环节少，时间短，体力消耗不大，适合各种年龄层次的人旅游。早些年旅行没有年龄限制和家人陪伴要求时，七八十岁的老人比比皆是。

三是游客回来后津津乐道，口口相传泰国旅游的新奇。在广州一家公司，有位88岁高龄的游客低声问销售："去泰国有人妖表演吗？"销售员说："有！""那我坚决要去！"

泰国，位于中南半岛中南部，与缅甸、老挝、柬埔寨、马来西亚接壤。总人口为7169万人，共有30多个民族，90%以上的民众信仰佛教。

19世纪末，拉玛四世王借鉴西方经验进行社会改革。1932年6月，民党发动政变，改君主专制为君主立宪制。1949年，正式定名泰国。

泰国是文化与艺术的殿堂，也是美食聚集的天堂！大皇宫、玉佛寺、水上市场、沙美岛、夜市、芭堤雅等特色景点人满为患。

泰国还有个穿越时空、令人神往的美丽故事的现实景点——泰国清莱府北部皇家森林公园，这里发生过一起震惊全球的"少年失踪案"。这个新闻，一百个人看了会有一百个"哈姆雷特"。

2018年6月26日，据泰国媒体报道，泰国北部清莱府湄赛县12名青少年足球队员和1名教练，被困在泰国清莱府北部皇家森林公园里的一个洞穴中，泰国派出海豹突击队搜救了半个月，没有一点消息。

位于群山怀抱的清莱府睡美人洞，全长十多公里，里面道路曲折迂回，最窄处只有40厘米，潜水员都不能背氧气瓶前行。当时洪水倒灌，水质浑浊。洞穴口聚集着来自英国、中国、澳大利亚上千人的救援队，潜水员进去可能危及生命。

附近一家餐厅老板娘在自己的社交账号发布了一个离奇的故事，说她梦到被困300年的公主，要她把泰国高僧古巴汶春找来，就放过这13个杀害她心爱之人的凶手。老板娘不知谁是古巴汶春，只好上网求助。

传说300年前西双版纳景洪（今中国云南西双版纳景洪市）王宫里，美丽的公主爱上一位出身贫穷的养马小伙，但皇家不同意这门亲事，于是两人私奔藏在美塞县一个山洞里。

国王派出13名卫兵，追到他俩避难的地方，正好遇上小伙，直接就杀了他。公主得知后伤心欲绝，拔出头簪自尽。随后她的血液变成美塞河，身躯变成群山，私处变成美人洞。当地人在洞外搭建了一个寺庙，每年都会来祭祀。

故事回到正题，当时不仅餐厅老板娘梦中收到信息，就连远在缅甸的古巴汶春也做了同样的梦。于是古巴汶春于6月29日赶到了泰国清莱府皇家森林公园，他在洞外默默地祈祷，随后独自走进山洞，两个小时后出来，上车离开。

第二天下午，他又带着自己的弟子，来到了洞口开始超度公主，有人问古巴汶春："孩子和教练都还活着吗？"古巴汶春回答："孩子和教练都很好，大家不要着急，一两天之后就会出来。"

人们不知高僧在洞中究竟经历了什么，但是他的话应验了。两天之后，英国潜水员在距离洞口四公里的地方，看到了被困的12个男孩和教练，他们静静地坐在岩石上面，没有一点惊慌失措的表情，随后跟着搜救人员游出了山洞。

孩子们刚获救，洪水就再次涌入了洞口。亲临现场搜救的泰国海豹突击队感叹，这次搜救简直就是一个奇迹。古巴汶春和公主的故事，理解为杀死公主情人养马小伙的皇宫13个卫兵，转世为13个男孩，被公主所困。

汶川地震和土耳其地震搜救最长存活时间都是72小时，13个男孩怎样在半个月断水断粮的状态下仍平安活着，是个谜。

全世界的专家都在研究这个谜，而谜的现实地点——清莱府皇家森林公园，后来也成为很多中国游客必打卡的景点。

▲2009年3月参观马来西亚一夫多妻家庭，该家庭有56个小孩，这个女人36年生育18个孩子并全都存活。她很乐意同徐凤梅合影

有人说，去泰国看庄严寺庙，去新加坡看城市建筑，去马来西亚看闲云野鹤。

各国风情千差别，在马国农村，大家见证了一个有4个妻子、生育56个子女的58岁老头。其中一个妻子36年生下18个子女。团友们兴致勃勃地同母子合影。

马六甲海峡感怀

马六甲是联合国批准的具有600多年历史的世界文化遗址。这里同中国郑和下西洋有着深厚的历史渊源。

马六甲是以一种树命名的。这里保存着葡萄牙风格的圣保罗山、教堂、荷兰红屋、英国战舰，有郑和下西洋留下的遗迹三宝井和三宝庙。所有古迹保存得完好无损。

我们佩服祖先的胆识，在那种条件下能周游世界，在全球各地留下足迹。

百闻不如一见。有人说，买一个世界风光碟看就够了，干吗还要花钱舟车劳顿，跋山涉水，远渡重洋？原来，同天不同地。境外旅游不仅能亲眼看到异域风光，还可亲身感受到国与国之间的思想观念、行为方式、社会管理、民族文化的异同。

马国以赌为业，东南亚10个首富6个在马国，云顶老板是其一，拥有43亿美金身家，并在全球设有29艘邮轮赌场。

世界上有些现象科学无法解释，但现实却存在。在泰国行宫，导游讲到一个言之凿凿的事实：20世纪40年代，日本曾往行宫先后扔了两颗炸弹均不爆炸，将它转移别

▲2009年，在泰国安达曼海夫妻任性空中跳伞

处就爆炸了，说是佛的因素。

以一种玩的心态出游，会
让你增长见识。世界上最毒的
蛇在泰国，但在毒蛇馆里，目
击舞蛇表演者亲吻毒蛇，令人
连连称奇；鳄鱼湖里驯服的鳄
鱼和东芭乐园里象的人性化精
彩表演更是迎来阵阵喝彩。

大皇宫景区的中国雕像

▲在曼谷大皇宫，中文地接
指着一个拿方天戟的雕像说，谁
猜对这人是谁，我请他洗桑拿

旅途给人增长的见识是多
姿多彩的。泰国大皇宫的地接张导，领着我们来到一尊塑像
前，他指着拿方天戟的塑像对大家说：你们猜猜这是中国古代
哪个名将？若猜对了，我请你们洗泰国桑拿。

接着，又来到一个皇帝行宫旧址，他又说：中国古代哪
个皇帝的宫妃最多？猜对了我也请你们洗泰国桑拿。遗憾的
是，他说，在此接过200多个中国旅游团，竟然没有一个人能
即时猜对。

在马国，导游介绍说安利总部就在此国，前日8000多
人聚集在这里让人颇感意外。但是安利营销模式一进中国就
变味，上世纪整顿后，各种变相传销仍狼烟四起，花样不断
翻新。

如果说，邀约老人免费旅游推销产品是低劣的表现，那
么，旅途中导游摇唇鼓舌地演说，然后卒章显志，让游客产生

消费冲动，一个个慷慨解囊，才是真正意义上的赚钱高手。

见识"乌托邦"

"乌托邦"是英国人莫尔笔下的产物，他将书中的乌托邦之岛描绘成一种完美的社会制度。后人将不可能存在的"乌有之乡"称为"乌托邦"。新马泰之旅的三个导游介绍的三个国家国民福利各有千秋。

泰国国民做手术只须交30泰铢（约人民币7.5元）；马国个人花10万马币（约人民币20万元）买一辆车，10年后换车政府有补贴；新加坡每人一套公寓，让人民安居乐业。

三、神秘的朝印尼

本篇的朝印尼，指朝鲜、印度、尼泊尔，三国的神秘，各有千秋。

时光回到那个朝鲜游老年团。这条路线引来405名有钱、有闲、有健康、有旅游兴趣的广佬青睐。从东莞出发，经秦皇岛、山海关，由丹东入新义洲、平壤、开城，再转哈尔滨、大庆、齐齐哈尔、海拉尔直往满洲里，沿安阳折回。

老年团里很多人是抗美援朝老兵，与其说是旅游，不如说都是来探寻长津湖、上甘岭的足迹。出发那天，游客挤满专列10节车厢。因为是老年团，车上还配了医护人员。

从车窗往外望去，沿途可以看到中国"大跃进"年代的影子：田头插满了红旗，有人统一送饭到田头，吹哨统一开饭。我们都是那个时代的过来人，看到此情景，都忍俊不禁，如今半个多世纪过去了，朝鲜还在复制我们的生活！

争论没有结果

坐在对面的一对茂名夫妇，此前曾报名去北戴河老年中心休养。他们说：人生三件东西——知识、花去的钱、买的东西，有一半是你的，其余都不是。凡事百闻不如一见，即今赴朝旅游。

隔壁二老是广州退休军医，放弃万元高薪返聘，双双出来散心，说：钱应为人活，而不应是人为钱活。钱是赚不完的，够用就好，拿人家的钱就要担责，累了一辈子还没累

▲朝鲜人与韩国人的风俗、语言、文字一样

够吗？

72岁的清远退休干部老吴表示，要认真拍摄沿途风景，回来做画册。78岁的省党校老张打趣说：我们团徐凤梅有福气，能吃、能走，哈哈大笑，旅游胜过养生。四年后，老张先期去见马克思了。

驴友的互动让我想起毕淑敏的话：人们常把幸福押在以后的预约："等我攒了很多钱""等小孩长大后"，结果等到可以享受幸福的那天，想吃，吃不动；想去旅游，体力不支。

见仁见智的国度

赴朝旅游相当神秘。入境，手机统一保管；住，离市区数公里孤岛式的最高级的羊角大酒店；晚上，对面一幢楼黑灯瞎火，不敢相信是首都平壤；出行，每车配置导游、司机、安全员看着，沿着千篇一律的美好线路出发。

看朝鲜，就是再现中国改革前的社会景象：住房、医疗、上学国家全包（农民住的也算准别墅），结婚青年可以申请房子。粮食凭票供应，城市户口金贵，上大学和毕业留城百里挑一。

在朝鲜参观的日子里，大巴车领着游客在开城、中韩交界和板门店等地转悠后，在市区徜徉，看的都是面子工程：阅兵广场、领袖画像、中朝友谊纪念碑、金日成故居。

平壤大街上90%是中国产汽车。所有交警都是女警，成为一道亮丽景观。朝鲜的地铁是民用和战备两用：深达70米、升降要5分钟，是全球继俄罗斯之后地铁深度第二的国家。

▲在板门店，32岁的朝鲜人全程为我们翻译。他是平壤外国语大学汉语专业毕业，一口流利的汉语，如果不介绍，还以为是中国人

平壤大街见不到商业广告，更看不到个体摊贩。商店营业员慢工细活，销售额多少不与效益挂钩。朝鲜普通工人月薪在400元人民币左右，每年的收入为5000块人民币，但衣食住行的所需都是集中分配的。

如果叫一个当今时代的中国人在朝鲜住上一个月，或许要精神崩溃；但表面萧条的朝鲜，朝鲜人日子过得照样很甜蜜。

原来，朝鲜奉行"主题思想""先军政治"。政治洗脑让他们对空想社会信心满满。游客各持己见：81岁的某离休干部夫妇月薪共2万多元。他们不屑一顾地说，吃大锅饭、开倒车肯定是没有前途的，但贫富差距太大也不行。

也有怀念中国计划经济时代的游客：一切物资计划供应，共同富裕，没有腐败，社会公平，治安良好，蓝天白云，空气清新，全民有信仰，有国家荣誉感，生活充满幸福感。

精通外语受人钦佩。这次赴朝观光，由平壤顶尖外国语大学汉语专业毕业的32名男女学生全程导游翻译。朝鲜精选的导游个个青春靓丽，魁伟帅气，在板门店翻译时，字正腔圆，相当准确。

朝鲜人同中国人是同一种肤色，当他们用标准的普通话同中国团友随意交谈时，能熟练讲到中国的风土人情、生活习俗，在引用中国典故时，信手拈来。团友们误会角色转换，以为他们是中国人。

团友们私下感叹说：大学生学东西快，一个人如能认真掌握一二门外语，那是一种人生享受，出国方便啊！当务之急是要让孩子这辈学好外语，否则，出了国就是傻瓜一个。

孩子好才是真的好。朝鲜鼓励生育，并不重男轻女。87岁的老伯有四朵金花，这回大女儿听说爸要去朝鲜，请长假陪同，一路为他定时喂药、抹身子、换衣服。

团友感叹说，这就是孩子好才是真的好，那些把心思花在炒股、炒基金、买房保值上的人，不如趁早将精力花在培养好孩子，让自己能安享晚年，也是子女对父母最好的回报。

印尼佛国风采录

休闲时代催生旅游热潮。旅游是一种另类投资，舍得便是一笔幸福资产。淡季出行，慢享美好时光。2013年11月20至27日，来自全国11个省市的28人拼至广州阳光假日国际旅行社，进行一次印尼佛国之旅。

熟悉的地方没有风景，熟悉的生活没有激情。以出国承载人生价值，以摄影记录精彩人生，不是因为外国的月亮圆，是时光不会倒流，每个瞬间都难能可贵；因为这是自己的特殊经历，独特的只属于自己的、不能复制的超高性价比。

麦哲伦和郑和追求的是激情生活。他们环游世界的壮举，给世人留下宝贵的精神财富。今人出国也在表明，某人有生之年游历过多少个国家，启迪后人树立一种励志向上的标杆和简约而不简单、追求而不奢求的品质生活。

印尼佛国看什么

慧眼伴随旅游。印度主要看斋浦尔市的风宫、琥珀堡、水宫、天文台（1729年建）、城市博物馆；亚格拉市的古都城堡、历时22年建造的泰姬陵；新德里的甘地陵园，外观总统府、国会大厦、政府大道、印度门、莲花庙。

我在印度亚格拉观看歌舞明星表演，还通过同期声翻译，了解到整个泰姬陵的来龙去脉和世界多元文化与现代科技的情趣。其实印度的许多精品景点在南部孟买和恒河地区。

在尼泊尔首都看始建于2000年前的猴庙、建于13世纪的杜巴广场，建于13世纪、14世纪的巴德岗杜巴广场，纳加寇特的喜马拉雅山脉蓝丹峰观景台。

印、尼两国都是多党多教，前者有印度教、佛教、伊斯兰教、基督教，以印度教为主；印度还是全球政党最多的国家，共有80多个。后者以藏传佛教为主，30个党，70个民族。

财富多少与幸福感不是主要因素。尼泊尔物价与中国持平，而月薪人均只有折合人民币300多元，公务员最高也只有1000多元，但他们内心却充满幸福感：认为多活一天就白赚一天，只求开心过好今天，明天我可能就会离开这个世界。

真相原来如此

▲印度标志性建筑——泰姬陵

新德里有300多个外语翻译导游，其中汉语导游200多个。前来印度猎奇的游客较多来自美国、德国、法国、中国、英国、日本、澳大利亚。尼泊尔则有200多个汉语导游。他们在当地孔子学院拿到学士或硕士文凭，每月带3个20人以上的团，日子就会过得较好。

随行一对广西某食品公司的退休夫妻，月工资一共才3400元，却把晚年绝大多数时光和金钱花在旅途中。他们说，除了旅游没别的爱好。

旅游需要勇气和运气。网上以讹传讹，将印度说得一塌糊涂。身临其境，发现现实是另一种圈层生活。

原来，脏乱差有来历，治安差也并非如此。印度文化底蕴深厚，风情也别有情趣，前来猎奇的欧美游客络绎不绝。印尼国民都以老虎吃肉只活20年，大象吃草却活百岁为据，崇尚素食。印度是男权国家，服务员全是男性。仍有女佣，但不得同台吃饭。尼泊尔则有兄弟共妻、见鞋却步的陋习。

在印度斋浦尔皇宫见到中国明朝皇帝送的龙袍，尼泊尔加德满都巴德岗广场13世纪皇宫55窗宫的保护神、财神、创造神、湿婆神108化身及四眼佛塔和喜马拉雅山观景台是经典看点，而慕千山之国大名，前来高山飞行、背包徒步旅行、城市观光、漂流的游客也人满为患。

他们认为，常在森林公园游行，能给人松弛的慢生活；遇事冷静多思，误会和烦恼就可避免，让逐梦的人生旅程更加色彩斑斓，充实饱满，也将人生纠结抛洒在雪域高原、世外桃源之中。

历史上，入侵过印度的有波斯、土耳其、阿富汗、元朝、英国。饱经忧患，历经沧桑，融入多元的历史背景，形成今天的印度文化。其政党虽多，但一旦有外来入侵，立即奋起一致对外。

他们还认为人的命运可以通过修善、读书、捕捉机会、结交贵人进行改变。就连不吃狗肉，不杀母牛，只挤牛奶，死了土葬，也成为一种文化。

印度唐导说，当年伊斯兰教入侵时看到寺庙里尽是黄金珠宝，便进行疯狂掠夺。当地人用屎尿畜粪满街乱泼，致秽气冲天，臭不可闻。以肮脏为武器抵抗入侵者，使寺庙和古建筑奇迹般地得到保护，由此，肮脏也传承下来。

让人不可思议的是印度还有性都克久拉霍，整座建筑都是男女性爱春宫图，是印度强奸高发的诱因。同样印、尼两国机场，公开出售复制的古建筑性爱画册；尼泊尔巴德岗广场各种体位的男女性爱动作的木雕建筑触目可见，不堪入目。

导游解释，让人类隐私暴露在光天化日、大庭广众之中，恰恰是印、尼两国古文物得到有效保护的直接原因，当伊斯兰教入侵者看到这些赤裸裸的性爱图案，认为是一种大逆不道，有伤风化，才下令停止入侵。

多元文化

印度是一个素食大国。印度52%的人吃素，其中20%的人连土豆、萝卜都不吃，认为吃这些也是"杀生"。几千年来流行吃咖喱饭，素食文化使地位越高的人越吃素，连狗也吃素。

印度全民吃饭都是右手抓饭，上洗手间则用左手擦屁股。印度女性都穿旁遮普服，是传统文化在当代的体现。印度全民信教，印度教最大，其次是伊斯兰教，还有佛教、锡克教、拜火教、基督教、犹太教。

去印度很容易被眼睛欺骗。街上有很多衣衫褴褛、可怜巴巴的叫花子。原来，印度人信奉越穷越接近神，白天去乞讨，晚上锦衣玉食。

印度是种姓大国。印度教徒讲种姓，信印度教的人分为四个等级：婆罗门是第一等，是宗教人士、僧人；刹帝利是武士、军人；吠舍是做生意的；首陀罗就是侍女。还有一些印度人虽然是印度教徒，但是在种姓之外，是贱民，不可接触者。

有种姓的认为贱民杀生是肮脏的，和他们在一起会被污染。印度前总统纳拉亚南，现任印度总理莫迪也是贱民出身。有种姓的可以轮回、有来生，贱民没有来生。贱民杀生，高种姓、地位高的人吃萝卜白菜，贱民吃鸡鸭鱼肉。

四、谜一样的以约国

谜一样的以约国（以色列、约旦），是我的环游世界计划必去的两个特色国家。飞机抵达以色列首都特拉维夫，导游接团驱车途经提比利亚直奔海法市。

坐在旅游车前排享有同导游海聊的优势，以便多点了解目的地以外的相关信息。装束打扮奇特的地接胡晓宇是上海留学生。他说，以色列是一个充满神秘感、引人关注的国度，让人难以捉摸又充满不可抗拒的吸引，是人类文明史的奇迹。

从建国之日起，就有太多的光环，面对兵力数十倍的阿拉伯国家围攻一直屹立不倒；自然资源匮乏，国家却出奇富有；短短60年中创造出世界少有的经济、科技奇迹，成为中东地区的翘首。

被妖魔化的中东火药桶，治安却出奇的好，犯罪率极低。耶路撒冷四个分区，隔离墙维护着贸易往来，荷枪实弹的巡逻女兵们习惯在危机四伏中生活，在安息日享受安宁。

《圣经》记载了这里凝重的历史。五千年前这里就属于以色列人的祖先；两千年前耶稣在这里降生，改变人类的历史；以色列沉淀了无数历史记忆：教堂、古迹，无不诉说着千年的风霜。

古犹太王国建立后，依次被巴比伦王国、波斯帝国、马其顿帝国、古罗马帝国、阿拉伯帝国、十字军等外来强敌攻占、镇压、消灭，千年颠沛流离、失散逃亡的命运难以名状。

游客更喜爱这里现代与古代文明的融合，沙漠覆盖三分之二，但创造了流淌着奶与蜜的沙漠农业奇迹。犹太人都有神圣观念，认为他们是上帝的子民，因而比其他民族更易成功。

文化是一个民族的标志，以色列是全球唯一没有文盲的国家。联合国有个调查，以色列450万人有100万人办了图书证，人均书的拥有量64本，居世界第一，日本为40本，法国为20本，韩国为11本，中国为4.39本。

以色列是诺贝尔奖高产国家。仅希伯来大学荣获诺奖的教授就有5位。中国的高校和教授数量居全球第一，自然科学诺奖得主却仅有一位。以色列的遗传工程、海水淡化工程、芯片技术、滴灌技术、电子、军工和钻石加工科技成果享誉世界。

以色列人的家教是，不读书的家族无法走出出人头地的人。靠汗水立身，辛苦一生；靠智慧立身，才能风光一生。当农民都要当第一，这样活着才有尊严。

在开往约旦边境的车上，胡导介绍了红海边上以色列最南端的埃拉特市片区里的乌托邦（共产主义）性质的基布兹（集体农庄），这引起驴友们的极大兴趣。

以色列现存的共产主义集体农庄，一切财产均为全体成员共有。大家一起劳动，共同生活。住房、汽车、学校、图书等等属于基布兹。社员没机会用钱：衣食住行、看病、教育、旅游、看电影全部免费，出行可以申请公用汽车，每月还能领到一笔零花钱。

基布兹机械化水平高，即便国家不给补贴，自己完全也能良性运营。奶牛身上都有芯片，所有数据都储存其中，饲养700多头奶牛，只需3个人就能完成每天三次挤奶工作。

1909年，第一个基布兹农庄成立，发展到现在已有300多个，遍布以色列全境。成员占以色列总人口的2.4%，共12万多人。随着全球商品化浪潮冲击，基布兹开始萎缩。

基布兹的创建人都是犹太复国主义者。苏联集体农庄激进社会主义，是这批基布兹的理论基本点。犹太复国主义吸引着无数犹太精英回归，经过百年奋斗，基布兹为以色列的经济建设建立了卓越的功勋，做出了杰出的贡献。

1948年以色列建国以来的8位总理，有4位出自基布兹。在工党执政的29年中，其内阁成员的三分之一都来自基布兹。

以色列地处亚、非、欧三大洲结合部，居住着来自世界70多个国家的居民，相互交融又相互冲突。以色列是世界上唯一没有明显边界的国家。约旦河西岸和戈兰高地成为争论不休的世界热点。

耶路撒冷分四个宗教区，不同宗教区过着截然不同的生活，数步之内可见清真寺、基督教堂或天主教堂。

我们参观的景点属巴勒斯坦控制区，由巴方地接带领我们乘缆车缓缓登上试探山。坐在缆车上放眼远处，是千年古城耶利哥（属巴勒斯坦控制区）和茫茫沙漠。

脚下是星罗棋布、一片葱绿的农田，在如此严重干旱缺水（以色列食用水为海水淡化，一立方10元人民币）的不毛之地，能种上成片绿油油的庄稼，实属人间奇迹。

《圣经》记载，耶利哥是约书亚率领犹太人渡过约旦河后攻打的第一个城镇。距今3000年前，在摩西的率领下，离开埃及的人们在西奈沙漠流浪40年后，在摩西的后继者约书亚的指挥下，进入了他们期待的迦南之地。

杰里科在海平面下300米，是海拔最低的城市。20世纪初进行考古，挖掘出8500年前中石器时期的部落遗址，同时发掘出希腊时期的城堡和犹太希律王的宫殿，是世界上最古老的城市之一。

有关试探山的由来，也是《圣经》中的一个传说。新约中说耶稣在约旦河受洗后，被圣灵引到旷野，禁食四十昼夜。魔鬼对其进行试探。耶稣饿了时，魔鬼对他说："你若是神的儿子，可以吩咐这些石头变成食物。"

耶稣却回答："经上记着说，人活着，不是单靠食物，乃是靠神口里所出的一切话。"魔鬼带他进了圣城，叫他站在殿顶上，对他说："你若是神的儿子，可以跳下去，因为经上记着说，主要为你吩咐他的使者，用手托着你，免得你的脚碰在石头上。"耶稣对他说："经上又记着说，不可试探主你的神。"

魔鬼又带他上了一座最高的山，将世上的万国与万国的荣华都指给他看，说："你若俯伏拜我，我就把这一切都赐给你。"耶稣说："撒旦退去吧。因为经上记着说，当拜主你的神，单要侍奉他。"于是魔鬼离开了耶稣。

我们接着来到巴勒斯坦的伯利恒圣诞大教堂，这是耶稣出生的地方，同以色列一墙之隔。大教堂建于公元325年，为哥特式的东正教堂，沉重、光明。

导游说，很多游客来过耶路撒冷一游，回去都成了虔诚的基督教信徒。基督是希腊语，救世主的意思。它是总称，下有三个分支：天主教、东正教、基督新教。三者都相信耶和华是唯一真神，耶稣基督是救世主；都以《圣经》为经典，相信欲望是人的原罪，相信宗教力量比道德力量更强大，相信有世界末日。

一早，我们随杨导来到橄榄山俯瞰圣城，耶路撒冷的美尽收眼底，橄榄山、锡安山、赫茨尔山等几座山脉错落有致地排列其中。大卫王的都城雄踞山峦之巅。古都的墙垣、古罗马拱门、拜占庭城壕、十字军构筑的城墙、土耳其帝国留下的堡垒，各种文明在此交融。犹太教、基督教和穆斯林神庙寺院齐聚一城，有西墙、圣墓教堂、圣殿山和圣经神社。

杨导说，圣经神社依然保存着两千年前流传下来的死海文书。耶路撒冷有以色列博物馆、大卫塔博物馆、圣经土地博物馆、伊斯兰博物馆。这里全年举行各种文化艺术活动。活动在音乐厅中或历史遗址上举办，丰富了圣城遗址文化。

耶路撒冷的美表现为文化交融，沿着喀西马尼园进入1924年为纪念耶稣祈祷而建的万国教堂，仅一墙之隔就是圣殿山金顶清真寺。这里是阿拉伯人心中的圣地、穆罕默德升天之地和犹太、基督、伊斯兰教三教的历史与精神中心。

我们紧随杨导一路走过4000年前亚伯拉罕走过的道路，进入犹太教的神圣之地哭墙。主哭耶京堂的外观像眼泪，但见这里黑压压、一群群身穿黑色礼服的犹太人在悲哀祷告，虔诚参拜。多个世纪以来，哭墙就是如此一个壮观场面。

犹太教经典《塔木德》中有一句很美的话：世界若有十分美，九分在耶路撒冷。后人加上一句同样很美的话：世界若有十分愁，九分在耶路撒冷。耶路撒冷，希伯来文意为和平之城。可是，有史以来，这里烽火连天，刀光剑影，血雨腥风，哪见和平的踪影？公元1099年十字军东征，占领了耶路撒冷，建立拉丁王国。5000年来，耶路撒冷被各方群雄征服过37次，曾8次毁于战火，但每次都在废墟上再生。

千年纷争不息的圣地，在历史中生存3000年，承载了哀痛、悲伤、分离、流亡、战火，更承载了犹太人对和平的渴望和追求，他们心中的伤痛永远不会磨灭，一切都刻在了哭墙上。

我们紧随杨导前往苦路。凝望2000年前耶稣被审判后，从陂拉多的院子出来，背着十字架，经过共有14站街道的历程，最后进入圣墓教堂。它是在耶稣蒙难、安葬及复活之地建造的。耶稣墓入口在教堂内。

我们随后参观了以色列的象征之一锡安山和大卫王墓及耶稣与门徒食用最后晚餐的马可楼，紧接着是见证雄踞山峦之巅的大卫王都城，追寻3000年前大卫王的足迹，追忆1000年前十字军东征的滚滚尘嚣。之后又听杨导解说圣母安眠堂、鸡鸣堂的故事。

锡安山上1平方公里的老城，12米高的城墙内，街巷狭窄且迷宫般四通八达，石块铺路，石阶光滑照人，到处透着古朴。漫步其中，犹如漫步于世界博物馆。

领略耶路撒冷的风雨沧桑，感受这里厚重的文化积淀，我们仿佛是在阅读一部石雕泥塑的历史百科全书。这里的每一块石头，仿佛都在讲述着那久远流传、动人心魄的故事……

耶路撒冷，是最古老、最独特、最美丽的圣城。地球上没有任何地方像耶路撒冷一样，是世界三大宗教的共同摇篮和圣地。东西方文明在这里交汇，许多耳熟能详的《圣经》和《古兰经》故事在这里发生。

夕阳下，放眼望去，耶路撒冷在雾霭中闪烁着金光。入夜，随处可见的古塔、城墙、清真寺、教堂等，被各色灯光装点得朦朦胧胧，让人如入梦幻仙境。犹太教古经典这样记载："世界可以比作人的眼睛，眼白是围填世界的海洋；黑眼珠是住人的大地；瞳孔就是耶路撒冷；瞳孔中的人脸就是圣殿。"因此而得名的耶路撒冷圣殿山，历经沧桑，已成为伊斯兰教第三大圣地。

21世纪，耶路撒冷仍然是巴以冲突的中心。其最大的症结就在于圣城耶路撒冷的地位。耶城争夺的根源和焦点，集中在圣殿山的归属。2000年就是因为当时的利库德领导人沙龙闯入这里，引燃了延续至今的巴以冲突。

耶路撒冷在1948年设为国际共管城市。以色列建国之初，政府机构多设于特拉维夫。从1950年以来，耶路撒冷成为以色列的首都，之后该国的总统府、大部分政府机关、最高法院和国会均位于该市。

1980年，以色列确定耶路撒冷是该国"永远的与不可分割的首都"。但联合国都不承认，多数国家都将大使馆设在特拉维夫。巴勒斯坦也宣布耶路撒冷将是未来巴勒斯坦国的首都。

早餐后参观以色列议会大厦、最高法院大楼、古老的风力磨坊和英国人赠的大七烛台，继而参观为纪念在大屠杀中殉难的600万犹太人而建的亚德韦谢姆"大屠杀纪念馆"。每个展厅都有遇难者留下的遗物，让全世界都铭记这段悲惨历史。

犹太民族是一个聪明的民族，其之所以会遭到毁灭性的虐杀，源于德国种族歧视。希特勒在《我的奋斗》中写道："雅利安人的最大的对立面就是犹太人。"

他把犹太人看作是世界的敌人，一切邪恶事物的根，一切灾祸的种子，任何民族生活秩序的破坏者。"对种族问题和犹太人问题没有清楚的认识，德意志民族就不会复兴。"

1938年，1.7万名德国犹太人在午夜被德国政府驱逐到波兰。在被驱逐的人群中，有一个波兰犹太移民家庭，他们住在巴黎叔叔家的儿子收到妹妹的明信片，叙述她在被驱逐期间的可怕经历。于是他求助德国驻巴黎大使馆秘书，秘书却没有帮助他。他向秘书腹部连开三枪，致其重伤不治死去。这成为"水晶之夜"的导火索。纳粹德国政府为惩罚枪击事件，宣布立即停止出版境内的犹太报纸和杂志。

1938年11月9日晚，希特勒在听到使馆秘书的死亡消息后，下令"应当放手让冲锋队（青年团）行动"。

许多犹太人的窗户在当晚被打破，破碎的玻璃在月光的照射下有如水晶般发光，故称为"水晶之夜"。这一夜砸毁的玻璃价值相当于比利时全国半年生产玻璃的总价值。

"水晶之夜"事件，给犹太人造成了巨大的灾难，约267间犹太教堂、超过7000间犹太商店、29间百货公司遭到纵火或损毁，奥地利也有94间犹太教堂遭到破坏。

1942年1月2日，在柏林万湖旁边的一座别墅里，纳粹秘密警察头子海德里希召集了包括盖世太保头子在内的14个部门的高级官员，研究布置了大规模屠杀犹太人的计划。

"万湖会议"后，纳粹开始全面实施庞大的杀人计划，出现奥斯维辛集中营那样采用毒气室、焚尸炉成批屠杀犹太人的地狱。根据当时纳粹高官供述，死于灭绝营的人有400多万，被用其他方式杀死的有200万，绝大多数是犹太人。

在纳粹德国屠杀了整个犹太民族三分之一人口，犹太民族濒临灭绝的危急关头，奇迹发生了：就像主耶稣在坟墓里停放三天后复活一样，在第二次世界大战结束后的第三年，也就是1948年，犹太民族国家又复活了！

中国公民去以色列，之所以会得到十年多次往返签证的特别优待，是感恩二战期间，来自世界各地约五万名犹太人，通过中国签证来到上海避难。中国两名外交官为他们发放签证，掩护了来上海避难的犹太人。

战后这部分人中的大部分都成了以色列复国后的第一代开国元勋，所以现在以色列人特别铭记这份恩情。在特拉维夫市和顺利市独立广场上，分别竖立着纪念中国人的纪念碑和石柱，刻着"China""没有他们的帮助就没有今天"。

电视剧《最后一张签证》就取材于1938年中国驻维也纳领事馆外交官无私帮助犹太人逃亡的真实故事。他们当时冒着巨大风险，为犹太难民办理签证的事迹，都记载在以色列二战"大屠杀纪念馆"，两位中国"辛德勒"的资料都可见到。

新中国成立后，以色列是中东最早承认中国的国家，并顶着西方国家的压力为中国提供许多科学技术方面的帮助。

以色列第二大城市雅法，是世界上最古老的港口城市之一，曾是古希腊的良港。《圣经》记载，雅法是诺亚的儿子在那次滔天洪水后所建，希伯来语为"美人"的意思。

雅法古城在公元前7000年青铜时期就被人类所用。考古学家发掘出公元前18—前16世纪人类居住遗迹。在《旧约圣经》和《新约圣经》中多次提及公元前2000年，雅法古城成为通往耶路撒冷的重要门户。腓尼基人、古希腊人、罗马人、十字军、土耳其人都留下过征服者的足迹。

沙漠博物馆

约旦与以色列其实就是一桥之隔。接团的约旦地接是训练有素的原籍河南郑州的李涛。

在旅游途中，导游临场发挥的口述史料，凝聚观察社会和洞察人生的综合信息，比起刻意构思的现成资料显得弥足珍贵。

旅游是对居住空间的短暂转移，对没有亲临现场的人来说，再丰富珍贵的古文明遗存，也无法享受个中乐趣，感悟最美的心灵。

"功名未是关心事，富贵由来自有天。"各国都有自己的信仰，有不同版本的颠覆性认识。阿拉伯民族敬畏大自然生死轮回，中华民族则崇尚现实。

本次中东线路最佳亮点：游览世界新七大奇迹之一玫瑰古城佩特拉，目击世界最大罗马建筑遗迹、中东庞贝杰拉什，畅享世界最低点、地球肚脐死海的漂浮乐趣。

约旦的神奇在于，人类一半的历史在约旦，约旦也是宗教和圣经故事的发祥地。如果说，金字塔是埃及的代名词，那么，约旦河就是约旦的代名词。约旦河是约旦人的母亲河，发源于黎巴嫩和叙利亚，向南流入死海。

1996年，考古学家从《新约全书》、拜占庭中世纪历史学家的记载中发现并证实，约旦河东岸的哈拉尔谷地，就是耶稣接受洗礼的地方，是圣经中提到的"约旦河外的伯大尼"。

我们来到哈拉尔谷地，河中间站满身穿白色长袍的阿拉伯人。他们在这里举行洗礼仪式。导游说，每天都有川流不息的人群来这里祈祷、忏悔、赎罪。这在东方游客看来太不可思议！

前往《圣经》记载的摩西升天之地尼泊山、施洗约翰遇难地穆克维尔、十字军东征的古堡克拉克城堡、马赛克之城马达巴、新雅典城乌姆盖斯，仿佛置身于世外桃源。

李导对世界风土人情用一句话概括：希腊犹太人的脑（有

智慧懂经营，赚了钱会享受）；中国人的手（勤奋拼搏，但不舍得享受）；阿拉伯人的嘴（能言善辩，但有热情没感情，翻脸不认人）；非洲人的腿（与生俱来的能走善跑）。

约旦的地产永远归私人所有。海湾战争、巴以战争和美伊战争时，一些富豪认为只有约旦安全，因而全国600万人（巴勒斯坦人占400万），首都安曼就聚居了350万。因而又有"中国人活在广东，世界人活在中东"之说。

我们一路驱车来到离安曼48公里的杰拉什古城。该古城遗址是中东地区保存最完整、最大规模的古罗马建筑遗址，因此有"中东庞贝"之称。

考古发现，青铜时代这里便诞生文明，延续到公元前900年铁器时代，这里开始衰落。公元前332年马其顿国王亚历山大占领后再度兴旺，公元前63年，罗马大将庞培率军占领后归属为阿拉伯省，杰拉什由此按罗马风格建立和发展。

公元332年，拜占庭帝国兴起，杰拉什原有的神殿神庙改为基督教堂。直到公元614年波斯人入侵，繁荣才中断。公元661年，伍麦叶王朝建立后，杰拉什成为连接大马士革、麦加、麦地的重要商道和朝觐的必经之路。

公元8世纪，经过几次强震，杰拉什经济衰退，主要建筑和设施倒塌。到了9世纪，杰拉什被沙土覆盖，千年古城销声匿迹。1806年，德国旅行家偶尔发现埋在黄沙中的杰拉什。

1925年，约旦政府组织开挖遗址，沉睡千年的古城重见天日。遗址历经古希腊、古罗马、拜占庭、阿拉伯伍麦叶王朝和阿巴斯王朝等时期，石街路面巨石上至今仍留下深深的古战车轮印。

来到杰拉什，首先映入眼帘的是建于公元129—130年，为纪念罗马皇帝巡视杰拉什而建的凯旋门。在凯旋门以北和老城之间的空地上建成一个可容纳1.5万观众的赛马场。残存的古城墙为公元60—70年所建，还有4座城门，100座城堡。

城内面积84.7万平方米。从古城南大门进入几十米到达长90米、宽80米的罗马广场。围绕广场的是两组绵延1000米的石柱。石柱为粉红色花岗石打造，直径1米，高达6米。3根石柱互相榫接，两柱间隔间有刻着花纹的巨石条连接，形成一个石柱长廊。

从椭圆形广场向北行是建于1世纪的石柱街，南北长800米。街两旁是步行长廊和商业铺。左侧一高大建筑是建于2世纪末的美人鱼水池，也是杰拉什最重要的建筑之一。整个排水系统十分精巧。水从上面一个弧形石孔流入长方形水池，再流经7个狮子头，最后才流入排水道。

城中保存最完好且最美的建筑，是始建于公元1世纪、2世纪竣工、可容纳6000名观众的古罗马式露天剧场。剧场用巨石铺就，宛若盛开的石雕花朵。扇形的阶梯座位有雕刻精细生动的艺术图案。而回音壁使得观众不管坐在剧场何处，都可听到舞台上的歌声和音乐。

杰拉什最神奇的古迹，是四周用华丽的科斯林列柱环绕的阿特米女神庙。该庙建于公元2世纪，原有12根石柱，现存11根。拜占庭时期该庙成为制陶作坊，后来十字军入侵，该庙地基被挖空，而上面的巨石仍然耸立。

地接阿杜拿出一把钥匙为我们演示，只见他将钥匙放在基石和柱底部的夹缝中垫着，再用双手推一下石柱，果然看到钥匙随着石柱的隐约晃动而上下颤抖。另在断壁残垣之中还会发现一种开着红花、色泽娇艳、非常诡异的植物。

20世纪30年代，杰拉什开挖出15座建于5—6世纪的基督教堂，多为罗马式建筑，用马赛克镶嵌拼图装饰地面。在女神庙西边，有一座建于530年，朝向耶路撒冷的施洗约翰圣教堂。再往东有三座毗连的教堂，分别为建于661年的马托兰教堂和建于533年的米达阳教堂。

古遗址的土层一层代表一个时代，显示出中东古罗马帝国神权时代绵延了1700年。而中国最长时间的封建王朝周朝也只有800年。中国文化通常称上下五千年，而这里的记载动辄六七千年。

精神文明的基础是物质文明，古遗址无论是山上雕刻而成的罗马剧场，还是竞技场、环形罗马柱广场，举凡标志古罗马贵族文化的公共设施都是为普罗大众而建，而中国古代贵族文化设施则是专为皇帝和达官贵人而建，这是亚历山大、凯撒和中国古代皇帝最大的区别。

目睹历经劫难的千年遗址，翘首高耸入云的石柱和美丽浮雕，那无形无色的匠心和气势，依然能穿透时空让我辈浮想联翩，扼腕长叹，恍惚进入古希腊和古罗马时代。

仰望天然雄伟的石雕建筑，沿着古遗址轨迹逶迤前行，我

　　▲这座建筑最引人注目的特征是其色彩，由于整座建筑雕凿在沙石壁里，阳光照耀下，粉色、红色、橘色以及深红色层次生动分明，衬着黄、白、紫三色条纹，沙石壁闪闪烁烁，无比神奇。建筑技巧堪比埃及的金字塔，疑为外星人所建。乍一看上去，很难用语言去形容第一眼看到的那种震撼

们又宛如游走在通往历史的时光隧道，感受往日的繁华，不禁顿生人类渺小、时光无情、人生苦短的感慨。透过古遗址的沧桑记述和现场对接，我基本厘清中东圣地文化的历史发展脉络，是什么力量推动历史前进的车轮？是什么在支配着人类社会向前发展？

文化是旅游的灵魂。的确，到中东旅游，会看的人看的是这里厚重的千年历史文化，不会看的人觉得尽是石头和断壁残垣。尽管有的人在物质上很富有，但精神文化却是一片荒漠。

世界新七大奇迹之一的佩特拉，希腊语即石头的意思，在阳光的照射下，泛出玫瑰般的色彩。几千年来这里沧桑巨变、兴衰起伏，唯一不变的是城里玫瑰般的石头，故称玫瑰城，因都城建在岩石之间，又称为石头城。

进入峡谷前看到的是建于公元前1世纪的大水坝。通往佩特拉的必经之路是一条幽深的峡谷小道，叫赛格小道。赛格小道长1.5公里，峭壁深约70～100米，最窄处仅2米宽。

沿天然通道蜿蜒深入，视野豁然开朗，一座最令人惊叹的建筑出现在眼前，这就是《圣经》中称为荷尔的要塞——巍峨壮观的卡兹尼宫。

"卡兹尼"阿拉伯语为"宝库"的意思。纳巴特人于公元前1世纪凿成"卡兹尼宫"。它是纳巴特国王的陵墓，高40米，宽28米，分上下两层，上6根下4根直径2米的罗马柱支撑着前殿，构成堂皇的柱廊，石柱的中间矗立着圣母、天使和带翅膀的武士雕像。

卡兹尼宫上下共9尊雕像，造型奇特，栩栩如生。整座建筑完全由坚固的岩石雕凿成形。高耸的柱子和美丽的浮雕，让人感觉像是进入古希腊和古罗马时代。

城东北山岩上有一个三层的巨型石窟，是纳巴特历代国王的陵墓。著名的石窟还有佩特拉博物馆和代尔修道院。王家陵墓为佩特拉古城最大的石凿建筑，宽50米，高45米，拜占庭时期用作修道院。

站在那里往下看，真有"一览众山小"的感觉。城内还有一个在巨石上开凿的气势恢宏的宫殿，是传说中的女儿宫，南北两道门各有12根石柱，衬托着高达20米的石头宫殿。因时间太紧，来不及细看，只好依依不舍离去。

据考古发掘的700座神庙分析，公元前5000年阿都玛土著人就在佩特拉生活。2000多年前，纳巴特人在砂岩峭壁上雕凿建立了这座都城，并成为中东著名的商业中心，也是埃及、叙利亚乃至希腊、罗马之间的贸易市场和中转站。

蜿蜒壁立的峡谷赛格小道是他们将香料运往地中海的一条古香料之路。公元106年，佩特拉成为罗马帝国的一个省，人口达2.5万人。城内有一座建于公元2世纪的杰作——古罗马剧场，剧场依山而凿，共34排，拥有可容纳6000名观众的阶梯形座位。因公元363年大地震，舞台建筑被毁坏。

从3世纪起佩特拉开始衰落，6世纪佩特拉再次经历大地震后，拜占庭便遗弃了佩特拉。7世纪阿拉伯军队入侵时，这里已是一座废弃的空城。自16世纪后的300年间无人知晓佩特拉古城，直到1812年一个英国人才揭开这个神话般的奥秘。

如今游走在赛格小道上领略古城魅力，像是穿行在通往历史的时光隧道。

文化背景没有好与不好，只有不同。石城峡谷右侧有17个纳巴特显贵的墓穴，左侧有44个墓穴，高18米，长和宽各20米。罗马帝国占领时改作法院，公元446年拜占庭时又改建教堂，这在中国是很忌讳的，但阿拉伯人认为死人不可怕，可怕的是活人，死人要是借尸还魂，让你明枪易躲，暗箭难防。

位于以色列和约旦之间的约旦谷地最底部的死海是地球表面的最低点。水面平均低于海平面约400米。死海是一个内陆盐湖，西岸为犹太山地，东岸为外约旦高原。

死海长80公里，宽处为18公里，表面积约1020平方公里，平均深300米，最深处400米。约旦河从北注入，是东非大裂谷的北部延续部分。

考古学者认为死海有5亿年的历史。远古时期这里是一片陆地。数千年前这里最先是以色列先人的避难所，在此隐居避世，建造寺院，繁衍生息。

死海里没有微生物，没有水草，连小鱼小虾也看不到；岸边没有沙鸥翔集，群鸟嬉戏。在阳光照射下，海面像大地之中的一汪泪水，又像一面古老的铜镜，熠熠生辉。

死海独特的环境，源自大气压和经过离子过滤的阳光作用，致其含盐度是一般海水的4倍，浮力巨大。驴友还真的拿着书躺在高盐度海水中，尽情享受漂浮不沉的乐趣。

死海富含160多种矿物质。驴友们都兴致盎然地用黑泥涂抹全身扮酷，浸泡在含硫黄的温泉池中，体验天然黑泥敷疗奇效。死海黑泥天然护肤品特受青睐。

五、诺亚方舟停靠点

传说马抗是马超后裔

亚美尼亚是一个有着2500年历史的文明古国，波斯帝国、亚历山大帝国、罗马帝国、阿拉伯帝国、奥斯曼土耳其帝国和俄罗斯帝国先后成了这里的主人，1991年，亚美尼亚与格鲁吉亚、阿塞拜疆宣布独立。

亚美尼亚有一个非常特殊的姓氏：马米科尼扬。这个姓氏的人，都称自己的祖先来自中国，而且是中国的一个王子，叫马抗。有人会质疑，亚美尼亚的民族英雄马米科尼扬，真的源自三国马超家族吗？

当下中国举凡姓孔的都说是孔子后代，姓陈的都说是陈满公和陈平的后裔。2019年，我们来到亚美尼亚，地接指着广场中骑马挥剑的雕像说，这是马抗，中国三国时代马超的后代，避乱来到这里开基发祥。

是不是缘于祖传故事不得而知，反正亚美尼亚对中国确实非常友好，入境免签期限三个月，如果你有闲有钱，那里有高山明镜之称的塞凡湖和有吉尼斯纪录的长达5公里的空中缆车，就等着你来玩。

诺亚方舟之国——亚美尼亚

吸引我2019年前往亚美尼亚的，除了高加索的世界遗产和自然风光，还有2012年12月21日"世界末日"的网络狂欢，有报道称浙江义乌曾订出26个农历年前交付的诺亚方舟，让我很想实地考证有关诺亚方舟的神话故事本末。

亚美尼亚是全球第一个以基督教立国的国家。《圣经》中

▲2019年6月2日，在亚美尼亚首都埃里温，我代表中国团友接受亚美尼亚央视现场采访，语言铿锵有力，神态自若，侃侃而谈，赞扬此行对亚美尼亚的观感，受到团友满场喝彩

《创世纪》篇记载的诺亚方舟就在亚美尼亚。

诺亚根据上帝的嘱托建造了一座方舟，搭载着自己的家人和一些陆生生物，躲避了一场因神的惩罚而来的洪灾。在搭乘方舟220天后，洪水消退，诺亚和他的家人在亚拉腊山附近停靠。

亚拉腊山被认为是洪水退去后，第一个出现人类活动的地方。占有这座山的亚美尼亚人把它视为"圣山"。而今亚美尼

亚的国徽就有"圣山"亚拉腊山图像。为此,还与土耳其发生争执,因为今天的亚拉腊山已在土耳其境内。

2006年8月,一名库尔德族的探索家于阿勒山上一个洞内发现不明物体。他立刻联络香港探索队,并于9月把样本送往香港做科学分析。香港大学地球科学系应用地球科学中心对该样本进行岩相分析,鉴定它为石化木结构。

2010年4月28日,香港和土耳其的探险队员表示,在土耳其东部的阿勒山附近找到了传说中的诺亚方舟的船身残骸,检测发现这些残骸的年代可以追溯至4800年前,即《创世纪》中所描述的诺亚方舟的存在时期。香港导演杨永祥说:"虽然我们不能百分之百确定它就是诺亚方舟,但可能性达到99.9%。"

英国牛津大学古代史讲师尼古拉斯·普塞尔表示质疑:"如果公元前2800年欧亚大陆被3000多米深的洪水覆盖,之前存在数个世纪的埃及文明如何生存?"

诺亚方舟出自圣经《创世纪》。由于偷吃禁果,亚当夏娃被逐出伊甸园。亚当活了930岁,他和夏娃的子女传宗接代,逐渐遍布整个大地,此后揭开了人类互相残杀的序幕。

上帝对人类犯下的罪孽十分忧伤,非常后悔造了人。上帝说:"我要将所造的人和走兽并昆虫以及空中的飞鸟都从地上消灭。"在罪孽深重的人群中,上帝认为只有诺亚是一个义人,很守本分。他的三个儿子也没有误入歧途。上帝选中诺亚夫妇、三个儿子及其媳妇,作为新一代人类的种子保存下来。

上帝对诺亚说:"你要用柏木造一只方舟,一间一间地造，里外抹上松香。方舟的造法：长300肘（1肘=0.44米），宽50肘，高30肘。"上帝看到方舟造好了，就说："我要使洪水在地上泛滥，毁灭天下，凡地上有血肉、有气息的活物无一不死。我却要与你立约，你同你的妻子、儿子、儿媳都要进入方舟。"

"凡洁净的畜类，你要带七公七母；不洁净的畜类，你要带一公一母；空中的飞鸟也要带七公七母。这些都可以留种，将来在地上生殖。"

2月17日那天，诺亚600岁生辰，海洋的泉源裂开了，巨大的水柱从地下喷射而出，大雨日夜不停整整下了40天。水迅速地上涨，比最高的山巅都要高出15肘。

凡是在陆地上靠肺呼吸的动物都死了，只有方舟里的人和动物种子安然无恙。方舟载着上帝的厚望漂泊在无边无际的汪洋上。上帝顾念诺亚和方舟中的飞禽走兽，便下令止雨兴风，水势渐渐消退。

诺亚方舟停靠在亚拉腊山上。诺亚打开方舟窗户，放出一只乌鸦去探听消息，乌鸦一去不回。诺亚又把一只鸽子放出去，看看地上的水退了没有。由于遍地是水，鸽子找不到落脚之处，又飞回方舟。七天后，诺亚又把鸽子放出去，鸽子飞回来时嘴里衔着橄榄叶，是从树上啄下来的。再过7天，诺亚又放出鸽子，这次鸽子没再回来。

诺亚601岁那年的1月1日，他开门观望，地上的水退了。到2月27日，大地全干了。于是，上帝对诺亚说："你和家人可以出舟了。你把和你同在舟里的所有飞鸟、动物和一切

▲公元287年，引导亚美尼亚皈依基督教的圣·格里高利在获得合法身份前，被亚国王三世当作疯子囚禁在一个直径仅5米的遍布毒虫的深坑里长达13年，他靠着神迹和附近一名妇女暗中接济才活了下来

爬行生物都带出来，让它们在地上繁衍生长吧。"

于是，诺亚全家和方舟里的其他所有生物，都按着种类出来了。后世的人们就用鸽子和橄榄枝来象征和平。《圣经》中记载的很多事情都被证实是真实的。譬如，在一次战争中，一位军官根据《圣经》中的记载，成功地找到了大山里的一条秘密小道，并通过这条小道突然出现在敌人面前，取得巨大胜利。

如果能证明"诺亚方舟"也是真实的，那么这个发现肯定将在全世界引起轰动。所以，很多年以来，许多国家的《圣经》考古学家都希望揭开这个千古之谜。

1919年，公众终于见到了第一张诺亚方舟的照片：这张照片是由俄国飞行员罗斯科维斯基拍摄的，上面可以隐约看出冰川下一个模糊的暗色斑点。经雷达和深层探测器的地质考察，显示这个斑点是亚拉腊地区岩石共有的异常结构。

20世纪80年代末90年代初，美国政府公布了由埃罗斯卫星和U-2间谍飞机拍摄的照片，显示在3000米高空可隐约看到亚拉腊山一侧山坡终年冰层下的"异物"。

地质学家和美国中央情报局认为，这可能是在公元1000年左右爆发过的一个火山口。于是亚拉腊山，尤其是西坡的帕罗特冰川、东北坡的阿赫拉峡谷和阿比科二号冰川成为研究人员偏爱的地方。

六、中东七国大扫描

中东地区，指从地中海东部南部到波斯湾沿岸的部分地区，包含西亚的伊朗、伊拉克、约旦、巴林、科威特、黎巴嫩、阿曼、卡塔尔、巴勒斯坦、沙特、阿联酋、也门、叙利亚和非洲的阿尔及利亚、利比亚、毛里塔尼亚、索马里、苏丹、突尼斯、科摩罗、吉布提、埃及等22国。

随着中国人生活水平的提升，越来越多的国人对出境旅游很感兴趣，都想感受异国他乡的别样风情。通常是先东南亚，其次是欧美和澳洲，只有玩到第四五本护照之后，才会考虑去非洲、南北极和中东这类奇葩线路。

我发现，世界各国都有中国人旅游的身影，唯独中东地区却很少有人涉足，主因是国人对中东线路妖魔化，首先考量两条：

一是安全问题：战乱不断，恐怖袭击频发，导致中国游客出行中东，安全成了最担忧的问题。许多名胜古迹，特别是叙利亚、伊拉克，都是著名的两河文明古国，大量的历史古迹因战火变成废墟，没什么可看的了！

另外，中东地区伊斯兰教禁忌很多：不能够双手交叉着和别人说话，这样说话是非常不礼貌和傲慢的；不能够饮用酒精，如果被当地人发现了，会被警察带走。总之，稍不注意就可能惹出麻烦。

二是费用太高：中东的线路开发极少，已经开发的费用奇高。2019年，北京一家公司设计的中东线路，将南亚的巴基斯坦并到中东一起，6国19天游57600多元，平均一天3000元，结果，半年多成不了团。

成团后发现，不是老板，就是旅游达人，一般人望而生畏。原来地接要求旅行社花钱请警察、配防弹车保护游客安全，使线路成本增高。

我们这次中东六国之旅线路，属高端团，20人来自全国12个省市。成员没有器质性"三高"（高血压，高血糖，高血脂），功能性"三高"者（高年龄，高职称，高收入）却过半。

中东之旅，几乎天天是一个模式：进教堂，登佛殿，看清真寺，观博物馆，其实就是体验两大文化，一是人类信仰的宗教文化，二是世界遗产的历史文化。两大文化交织在时光隧道里。

中国古籍汗牛充栋，最经典的是"与君一夜话，胜读十年书""读万卷书，行万里路"。综合两句名言，人活到这种层次，都会淡定虚无，心静如水，得失随缘。得失的源头在于念想，凡事往好的方向看。

本团20人，藏龙卧虎，不露声色的高人不少。让我特别有印象的有5人：任宇丁，米玉金，李贵春，李瑞廷，袁明月。

我的室友任宇丁是双料专家。他的人生规划是，早年下海创业，为晚年畅游世界打下经济基础，而今走遍世界百国。他是个大忙人，两部手机轮着用，一天到晚电话不断。

鄂尔多斯老李，早年因家庭成分辍学。1977年以初中学力考上内蒙古师大，毕业后先任中学教师，后下海成为13家企业的大老板。他每天看景整理记录不过夜，计划将176个国家人文和自然风光出版100本游记（已出版29本）。

中东之旅是考验人的体能之旅。空中8飞共28.5小时，进关出关、马不停蹄，很容易倒下。团费较高，舟车劳顿、频繁转机，许多驴友被折腾得气喘吁吁，疲惫不堪。我是心甘情愿有备而来，第二天神清气爽，风采依然。

一个人能活多久天说了算，要想活出健康，活出精彩，却是自己说了算。原来，旅游抗疲劳解乏，光靠深度睡眠远远不够，还须配以早晚5粒灵芝胶囊、黑枸杞（60摄氏度温水浸泡）、西洋参含片，轮番交替服用。

与高人论道，自己也成了高人。室友任宇丁说：人有可控和不可控因素。不可控的是年龄，性别，遗传因素。可控的是生活习惯。我给他加一条不可控因素：别人对你的眼光和评价。他说：这决定你对别人评价的态度。

海湾六国是阿拉伯联合酋长国、阿曼苏丹国、巴林王国、卡塔尔国、科威特国、沙特阿拉伯王国。这里的企业家个个富可敌国。品味全程12个世界遗产，恍若行走在时光隧道里，个个让人瞠目结舌，意犹未尽，不虚此行！

波斯之光

伊朗之行，我跟的是中东六国之外的另一个团。地接莎莎是一位美女导游，德黑兰大学毕业，从事导游3年。她上车一张口，我赶紧拿出录音笔，她说一口标准的普通话。先作自我介绍，她接待过很多中国旅游团。

讲解词应该都是背熟的剧本，车在市区穿行，她一直滔滔不绝地介绍。

伊朗属中东国家，中北紧靠里海、南靠波斯湾和阿拉伯海。东临巴基斯坦、阿富汗，东北与土库曼斯坦接壤，西北与阿塞拜疆和亚美尼亚为邻，西界土耳其和伊拉克。国土面积世界排名第十八，1935年以前称为波斯。

伊朗也是石油输出国组织成员，石油资源丰富，石油出口是经济命脉，石油生产能力和石油出口量分别位于世界第四位和第二位。伊朗的宗教及其宗教政策也颇为奇特。一方面确立伊斯兰教（什叶派）为国教，另一方面又允许逊尼派伊斯兰教、基督教、犹太教和袄（读"仙"音）教合法存在，统称为五大合法宗教。

在全国约7000万人口中，90%的人信奉什叶派伊斯兰教，

▲伊朗标志性建筑——自由纪念塔

8%信奉逊尼派伊斯兰教，基督徒大约30万，祆教徒在3.5万到6万之间，犹太教徒从1979年前的8万减少到目前的两三万。

民族风情

游客进入伊朗，第一强调的是女性都必须戴头巾，通常选择黑色来笼罩自己，只露出双眼。总统和一些领导人也强调穆斯林传统，伊朗要求在伊朗领土上的所有女性（学前儿童除外）外出时须戴头巾和穿着长外衣，否则可能会受到处罚。

男性不可穿着短裤外出，多强调中国与波斯商贾往来的悠久历史。

按照伊朗的礼俗，每年的4—9月间，天气炎热，穿衬衫，打领带即可。

与中东其他地方不同，伊朗人穿西装不打领带，并写进国家宪法。伊朗人晚上看到新月后，随即又看到一种美好的东西，如看见金子、镜子、水、美丽的少女等，就会认为那个月很幸运。

数字"7"对伊朗人来说是吉利的象征：伊朗春节之际要在餐桌上摆上7种由字母s开头的食物，妇女化妆品有7种颜色，结婚时给新娘腰带上打7个结，快乐的星期三要点燃7堆火等。

如果无意中将5只茶杯或5只茶碟放成一排，这表明今天有客人来访。家里人要为出门3天的人做面条，以求平安。生了孩子要用铁签子叉上10个葱头放在孩子头上，一个代表一天，过一天就取下一个，一边丢一边说："灾难走开吧。"

每天晚上看到第一盏灯亮时，应赞颂先知穆罕默德，当从炉里取出第一张大饼时，也应赞颂穆罕默德。虔诚的伊斯兰什叶派教徒在喝水时，要诅咒杀害先知侯赛因的刽子手，因为先知侯赛因遇难时，刽子手不给他水喝。

伊朗实行伊斯兰历，它的季节和月份是不固定的。在伊朗，公历3月下旬庆贺春天到来，过新年要隆重庆祝一周，人们涌上街头生起"篝火"——"夜火"，然后家人依次在夜火上跳来跳去，表示烧掉"晦气"、迎来光

▲爱美之心人皆有之，团友们都盛赞这个毕业于德黑兰大学的地接莎莎是波斯之光，大家都争相和她合影

明，驱灭疾病，幸福永存。

初一到初三，人们走亲访友，互祝春节快乐。新年最后一天，全家出游踏青，以避邪恶。去伊朗拜访常以伊朗东道主的姓氏或其职称和头衔来称呼，如"某博士""某教授"。

我问莎莎，我们中国男人喜欢天天刮胡子，一天不刮，会被人笑话为"不修边幅"。你们伊朗的逊尼派与什叶派男人都爱留胡子，逊尼派还留长胡须，胡须刨在你们国家没有市场，是吗？她笑着说："男人没有胡须还是男人吗？"

伊朗的全部精彩在现代化的德黑兰、古朴的亚兹德、有活力的伊斯法罕以及浪漫的设拉子四十多个景点，因行程紧凑，只去了德黑兰的博物馆、伊斯法罕市的四十柱、三十三孔桥、伊玛目广场、波斯波利斯、居鲁士岩洞墓。

导游莎莎说，北部的大不理士和南部的波斯湾也有很多看点，欢迎大家以后再来。

巴基斯坦

我们这个年纪的人，提起巴基斯坦，很快会想到1979年，巴国总统布托被处以绞刑。1972年，布托曾说："我将比任何一个统治过巴基斯坦的人统治这个国家更长久，首先因为我健康，精力充沛，一天可以工作18个小时；其次，我年轻，我才44岁，比英·甘地夫人年轻10岁。"临刑前布托称："我是个无罪的人。"

破解犍陀罗文化

旅游，特别是进博物馆，不听导游讲解，既是行程缺失，又是知识流失。巴国古文化博大精深，每到一处我都认真听艾资合导游的精彩讲解，用手机备忘录记录。

塔克西拉是一座有2500年的著名古城。佛教遗迹有2000多年历史，覆盖2500平方公里，是南亚最丰富的考古遗址。古文物八成仍在地下，古城现仍在挖掘期，已挖掘的二成文物，现存放在塔克西拉博物馆。

白沙瓦博物馆，建于1907年，是犍陀罗文明的中心。馆藏大量犍陀罗时期的佛巴教雕像，有着希腊艺术的风格。

犍陀罗是古印度王国之一。它位于巴基斯坦毗邻阿富汗东部一带。公元前4世纪末，马其顿亚历山大入侵，希腊文化曾影响这一地区。

公元前3世纪，印度孔雀王朝的阿育王遣僧人来此布道，逐渐形成独特的犍陀罗式的文化。公元1—6世纪，在该地盛行吸取古希腊后期雕刻手法的佛教雕刻，史称犍陀罗式的雕刻。

大月氏建立的贵霜国是佛教东传的重要"中转中心"。这种中转不是被动接受印度的原始佛教，更多是在发展中形成了具有自己独特审美风格的佛教艺术。

贵霜国存在的数百年间，与中国进行着频繁的经济和文化交流，在佛教东传至中国的路上，贵霜国更是成为佛教最得力的推广者和传播者。

佛教从犍陀罗地区直接进入中国。中国古代的少数民族和佛教东传关系非常密切，比如于阗国、龟兹国、夜郎国，这些少数民族不仅接受了佛教教义，在艺术表现形式上也都受到犍陀罗的影响。龙门石窟、云冈石窟都有明显的犍陀罗式风格。

亚历山大大帝、汉武帝、迦腻色伽大帝，先后造就历史上三次伟大的人类迁移。亚历山大大帝推动了希腊时代的发展；汉武帝凿通西域，开辟了丝绸之路；迦腻色伽大帝推动了佛教文化的发展，教义和艺术由他推广向中亚、东亚传播。

三次伟大的人类文明迁徙活动，促进了文化融合，打破了疆域，推动了经济生产，应用了创新，初步形成了今天的世界格局。

探源唐玄奘取经

巴国与中国有着千丝万缕的历史渊源。中国高僧法显、玄奘等都到过塔克西拉古城，玄奘还在此逗留了两年。

拉合尔博物馆，位于旁遮普大学对面，是巴基斯坦最古老、最大的博物馆，创建于1864年，内藏数千年珍稀文物，让人叹为观止！

1947年以前，巴基斯坦和孟加拉国同属印度。前者叫西印度，后者叫东印度。所以行程中讲到巴国的历史，总是与印度有关。考古印证，唐玄奘赴印度取经，原来就在现巴基斯坦塔克西拉市，他在此住了两年。

位于开伯尔马尔丹市的约塔克特依寺庙，又称佛教大学，起源于公元2—3世纪。遗址千年之后保存完好，菩萨已移至博物馆保护。遗址有规模巨大的修道院。北面是神殿，遗址中用石头和灰泥雕刻碎片，展示古人高超的精湛技艺。

巴国遗产看今朝

巴国400年以上的世界遗产丰富多彩，像塔克西拉这类2500年历史的古城遗址，仍在发掘阶段。

打卡巴国看了四个标志性世界遗产：塔克西拉古城（1980）、塔克特依巴依佛庙（1980）、拉合尔城堡（1981）、夏利玛尔公园（1981）。

建于公元1021年的拉合尔城堡和1642年建立的夏利玛尔公园，于1981年被联合国录入世遗。古堡是莫卧儿王朝的瑰宝，堡内满是亭台楼阁、喷泉池塘和园林花圃。最负盛名的是镜子宫，镶着无数宝石和玻璃珠。

夏利玛尔意为"娱乐宫"，是沙尔贾汗皇帝命名，波斯风格（有水声、水沟、斜坡、柏树、围墙）的天堂花园。有大理石瀑布和400多个喷泉。

罗赫达斯要塞处于海拔1500米的小山上，是攻不破的战略要地。有几个看点：白宫是皇帝寓所，黑宫是法院，对面是监狱，它们和清真寺、坟墓已被列为世界文化遗产。

白沙瓦老城马哈巴特可汗清真寺，有600多年历史，建筑十分气派。位于拉合尔古城北部的巴德夏希清真寺，又称皇家清真寺，印度莫卧儿王朝皇帝阿迈提尔（1658—1707）于1673—1674年主持建成。

位于旁遮普大学对面的拉合尔博物馆，是巴基斯坦最大，也是最古老的博物馆，建于1864年，为纪念维多利亚女王登基50周年而建。巴国的卡车装饰艺术，各式各样的装饰图案，冲压花纹，重型卡车颇似永无休止的狂欢节彩车。

巴国尊师重教，教师，医生，记者，工程师，1500—2000美金/月，警察最低，人均月薪才600美金。

巴国实行三级安全防卫：一级防卫，告示道路维修，绕道而行；二级防卫，商店告示，温馨关门；三级防卫，警察陪伴，拉线隔离。我团享受的是三级防卫。

对中东线路妖魔化，也祸及巴基斯坦的经济发展。巴国人口爆炸，产生严重的吃饭危机，庞大而又处于贫困和饥饿的人口，是滋生极端主义和分离势力的土壤。根据全球恐怖主义指数显示，在163个国家中，巴基斯坦排名第四。

恐怖主义影响周边国家的安全，引发社会动荡，给旅游业也带来重创！我们坚信一点，旅行社和巴国政府会比我们想得更周全，这不，整个行程都有武警荷枪护卫，警车开道，这种特殊待遇超出我们的想象和预期！

超出想象的阿曼

阿曼位于阿拉伯半岛东南，波斯湾通往印度洋要道，西北界阿联酋，西连沙特，西南临也门，东北东南临阿曼湾。全国面积30多万平方公里，常住人口483万，世界排名124。首都马斯喀特。

阿曼地接万强是上海人，他介绍说，阿曼属沙漠热带气候，全年分两季，5月至10月为热季，11月至翌年4月为凉季，气温为24℃，适宜旅游，但团费价格偏高。

阿曼是阿拉伯半岛最古老的国家之一，公元前2000年已经广泛进行海上和陆路贸易活动，并成为阿拉伯半岛的造船中心。

公元前2世纪，阿拉伯半岛的内志和也门一带的部落迁居到阿曼和阿联酋一带，带来了游牧业，并发展了海上贸易。

公元7世纪，阿曼成为阿拉伯帝国的一部分。1507年起，先后遭葡萄牙、波斯和英国的入侵与占领。

1624年，建立亚里巴王朝，扩张到东非桑给巴尔岛。1749年，建立赛义德"马斯喀特苏丹国"。1870年，阿曼受英国保护。1920年，阿曼分为"马斯喀特苏丹国"和"阿曼伊斯兰教长国"。1967年，统一为"马斯喀特和阿曼苏丹国"。

▲阿曼有千堡之国之称。图为世界遗产之一拜赫莱堡要塞

1970年7月，卡布斯发动宫廷政变，废父登基，宣布改国名为阿曼苏丹国，并沿用至今。1973年，英国军队撤出阿曼国。

1996年，成为君主立宪制国家。阿曼是阿拉伯最富裕的国家之一，资源丰富。截至2013年，阿曼石油储量55亿桶，天然气储量8.495亿立方米。

阿曼只有春秋和夏季，一年下雨四五天，气候极为干旱。居民40%从事农渔牧业，主要产物为大麦、椰枣、鱼类等。鱼类和甲壳类超过150个品种，有沙丁鱼、金枪鱼、石斑鱼、鲵鱼、金线鱼、墨鱼、带鱼等。

阿曼旅游资源丰富，境内拜赫莱堡、艾因墓考古遗址、法拉吉灌溉系统，都被列为世界遗产。阿曼被称为千堡之国。位于首都马斯喀特的双胞胎城堡，是400年前葡萄牙人建造，一个是司法行政场所，另一个是监狱。

苏丹卡布斯之谜

中东线路更适合深研历史的人，在阿曼千年历史文化中，可歌可泣、惊心动魄的故事历久弥新！

世界宫廷斗争，无一不是残忍绝情！唐朝李世民如此，阿曼苏丹卡布斯也是如此。他是个谜一样的革命家，早年留学英国，回来向父王提出系列改革强国构想，却遭到父王的极力反对，将他关了2年，让他洗心革面。

卡布斯出狱后，密谋政变，得到叔父支持，前提是必须娶他的女儿为妻。卡布斯答应了这门近亲婚姻。新婚之夜，新娘突然举枪对着新郎扣动扳机，新郎安之若素，新娘这才发现手枪卡壳。

原来，新郎毕竟是富有国王潜质的人物，精明干练，在危机四伏中，对新娘早有戒备，当他发现新娘的手枪后，立马将子弹迅速退下，新娘浑然不知。

第二天，卡布斯断然离婚，但仍不露声色。他需要依靠叔父实力，直到政变成功掌握实权后，才对叔父实施暗中监控，伺机将他处死。

卡布斯首次婚姻失败后，不再相信人间有真爱。1970年，卡布斯发动宫廷政变，夺取父亲皇位成功后，至近80岁时去世，也从未听过他的绯闻。他晚年倾囊建造世界排名第三的清真寺。

有人猜测卡布斯苏丹可能是个同性恋者。因为是男人就会有性欲，即使垂暮之年，仍会回光返照，隋炀帝，唐明皇，哪个不是三宫六院，佳丽三千？

▲逊尼派与什叶派的外观特点是，前者留长胡子，这是阿曼国的逊尼派人

中东六国文化之旅，一路看的是清真寺，都是除沙特麦加之外的各国之最。巴国最大清真寺可容纳20万人祈祷，阿曼和巴林的清真寺可容纳7000多人祈祷。每个博物馆都有中文翻译的伊斯兰教资料。

阿曼内陆最大城市奈兹瓦市附近"法拉吉"灌溉系统，能在不使用机器的情况下，将水输送到全国每个角落。法拉吉灌溉系统被联合国列入世界遗产名录。

让人意料不到的是，在触目所及一片茫茫沙漠的极端地貌里，不时会看到东亚那种奇花斗艳、郁郁葱葱的绿被植物。更让人不可思议的是，举凡东亚绿洲所有的果蔬副食品，阿曼超市里都琳琅满目，应有尽有。

不可思议的巴林

巴林，在阿拉伯语中，意为"两海之间"。这个由33个岛屿组成的国家，西部比邻沙特阿拉伯，东南隔海眺望卡塔尔半岛，在地图上浓缩成了阿拉伯海湾中的一颗明珠，同时也是美索不达米亚文明遗珠。

巴林拥有超过5000年的悠久历史。考古学者认为，公元前2200—前1600年，是巴林地区发展的鼎盛时期。后来发现的许多考古珍品与文献记载，都证明迪尔蒙地区与两河流域人文交流的久远历史。

巴林首都麦纳麦郊区有一座古堡，2005年，联合国教科文组织将其列入世界遗产名录。经过考古学家的考证和近50年来的发掘，证实这里是公元前2300年迪尔蒙文明时期的古都所在地。

古城由许多宽阔的石屋组成，石屋建在笔直的街道两旁，四周修造了高大宽阔的石墙，用以自卫。各种民居、公共设施、宗教及军事构造在古城里均可以找到。在宽阔的场地能感受繁华的交通与贸易盛况。

巴林是一个开放的现代阿拉伯国家，有着原生的阿拉伯文化。首都的麦纳麦清真寺是世界最大的清真寺之一，殿堂里用了60吨半球形的玻璃纤维打造自然光，可以照射到教堂每一个角落，还有逾千盏吊灯挂在主殿堂内。

巴林的采珠业被纳入世界文化遗产名录，曾经支撑这个岛国经济上千年。20世纪20年代，随着日本人工养殖珍珠技术成熟，纯天然的巴林采珠业受到影响。30年代，海湾第一口油井在巴林打出，"黑色黄金"迅速扭转了巴林的经济困境。

巴林人文历史有限，但也有2500年历史、世界上最大的史前万冢之岛。岛上有占地30多平方公里，绵延数十里的坟林墓海。1879年，英国人挖掘人工土丘，发现这些人工土丘是坟墓。

位于首都麦纳麦卡拉特海滨，有3000年历史的古城遗址露天博物馆。内有石屋，街道，下水道。

巴林之前是英国附属，1972年独立，1980年前一片海，后填海造田。巴林不鼓励移民，外国人居住多久都是长签。

中东国家都有清真寺，有清真寺必有《古兰经》，信徒非常虔诚和狂热。穆斯林国家的学校教育基本一致，男女生分开上课，包括上课都分男女老师。如果有谁带小三兜风，一旦查获就会重罚。

中东盛产石油的国家都很富裕，福利最好的是阿联酋，个人结婚政府会支付费用，其次是巴林，读书、医疗都由国家买单。

蓄势待发的科威特

科威特位于阿拉伯半岛东北部，波斯湾的西北隅，与沙特阿拉伯接壤，东部临海，隔波斯湾与伊朗相望。首都科威特城，海岸线长290公里。

科威特地接是安徽人赵敏，她说，科威特属热带沙漠气候，年平均温度33℃，5—11月为夏季，最高气温50℃以上，沥青路面80℃。12月至次年2月为冬季，冬季最低气温可低至0℃，春夏季多见沙尘暴。饮水主要靠伊拉克及淡化海水。

公元7世纪科威特曾是阿拉伯帝国的一部分。1871年后属奥斯曼帝国。1899年起沦为英国殖民地，1961年独立，是君主立宪国。

科威特的石油和天然气储量丰富，石油储量940亿桶，约为世界总储量的10%，居全球第4位。1994年估计天然气储量为1.78万亿立方米，石油天然气工业为国民经济的支柱，其产值占国内生产总值的49%，居世界第18位。

16世纪，科威特是土耳其奥斯曼帝国的一部分，在奥斯曼统治后期，科威特成为一个半自治的阿拉伯君主国。1899年，科威特的统治者与英国签署了一项条约，接受英国的保护，而把外交权力交给英国。

1918年，第一次世界大战，奥斯曼帝国解体，土耳其对科威特的名义上的宗主权结束。1961年6月19日，科威特成为完全独立的国家。1960年，从英国人手里先后接管了司法权和货币管理权。同年9月，石油输出国组织成立，科威特是5个创始成员国之一。

1961年6月19日，科威特宣布独立，1963年5月加入联合国。1990年8月2日，被伊拉克出兵侵吞，引发海湾战争。2017年6月2日，联合国大会选举科威特为2018年和2019年非常任理事国。

考古发现，科威特有距今3500多年的古遗址和青铜器文物，现已由中科合作旅游开发100年，收益均分，100年后归还科威特。

科威特大清真寺，是阿拉伯世界最新的伊斯兰艺术杰作。装饰精细豪华，金碧辉煌，富丽堂皇，历时7年建成，可容纳万人礼拜。科威特有个海鲜批发市场，不过秤，论筐拍卖，每天下午4时后开拍，热闹非凡。

文明古国黎巴嫩

黎巴嫩，中东的巴黎，故名。位于地中海东岸，东北部临叙利亚，南界巴勒斯坦、以色列，西濒地中海。首都贝鲁特。基督教为主，伊斯兰教为辅。

黎巴嫩地接是福建人蔡腊梅。她介绍说，黎巴嫩是中东地区最西化的国家之一，这与它和基督教有着十分密切的历史关联有关。境内更有人类最早一批城市与世界遗产，这些文明古迹最古老的具有长达5000多年的历史，因而在旅游业中相当著名，主要经济来源就是银行业和旅游业。

说起中东，大家第一时间会想到信仰伊斯兰教的沙特、阿联酋、叙利亚、伊拉克这些国家。中东女性最常见的就是穿着黑袍遮盖全身，只露出整个脸，甚至只露出一对眼睛。

黎巴嫩是中东最"西方化"的国家。全国人口不足1000万，大多数都是阿拉伯人。阿拉伯学者认为，黎巴嫩盛产美女，首先是人种因素。黎巴嫩先后被腓尼基人、罗马人、马姆鲁克人、马其顿人和奥斯曼人征服过，通婚现象十分普遍。

黎巴嫩还有亚美尼亚人、车臣人等少数民族，拥有混血基因的人非常普遍，这为当地女子拥有姣好容貌和优美身材奠定了基础。

其次，黎巴嫩是中东唯一以山区为主的国家，四季分明，冬天会降下阿拉伯国家见不到的雪花；同时又濒临地中海，兼具山区昼夜温差大和沿海地区潮湿、温润的气候特点，有利于皮肤保养。

▲黎巴嫩是中东最西化的国度，女性衣着开放，与法律规定女性必须戴头巾、黑色面纱的伊斯兰封闭风格完全不同

三是饮食习惯良好。黎巴嫩菜是阿拉伯饮食中的一大门类，主要以奶制品、橄榄油、鱼类和牛羊肉为主。这类食品对身体发育和健康成长大有裨益。

四是黎巴嫩社会开放程度高，女孩普遍追逐时尚，注重生活品位。

黎巴嫩在公元前2000年为腓尼基的一部分。以后相继受埃及、亚述、巴比伦、波斯和罗马统治。7—16世纪并入阿拉伯帝国。1517年被奥斯曼帝国占领，一战后沦为法国的委任统治地。1943年11月22日独立。

多元历史集散地

黎巴嫩为中东旅游胜地，有腓尼基时代的比布鲁斯城、古罗马的巴尔贝克城和十字军时代的赛达城堡，还有中世纪的清真寺。最著名的是比布鲁新城和巴尔贝克城。

巴尔贝克在希腊语中意思就是太阳之城，寓意着希望和光明的旅游景点。2018年起，黎巴嫩接待中国游客12万人。

腓尼基人是古老民族闪米特人的分支，生活在黎巴嫩和叙利亚沿海一带，公元前10世纪至公元前8世纪，建立高度文明古国，是腓尼基城邦的繁荣时期。

腓尼基人是古代世界最著名的航海家和商人，他们驾驶着狭长的船只踏遍地中海每个角落，地中海沿岸的每个港口都能见到腓尼基商人的踪影。腓尼基人不但是精明的商人，更是勇敢的航海家，他们踏破地中海，还穿过直布罗陀海峡，经常出没于波涛汹涌的大西洋。

今天，直布罗陀海峡的两个坐标就是用腓尼基的神来命名的，称为"美尔卡尔塔"。据说，腓尼基人驾驶着船只向北到达过今天法国的大西洋海岸，以及不列颠，向南到过好望角。

腓尼基人最大的贡献还是腓尼基字母，是今天欧洲许多文字的共同祖先。

公元前8世纪以后，腓尼基相继附属于亚述、新巴比伦、波斯、马其顿诸国。公元前332年，腓尼基重镇提尔被亚历山大摧毁，之后腓尼基不再见于史书。

谁是腓尼基人的后代？2004年10月，牛津大学专家用基因寻找腓尼基人的项目，经过两年的研究有了结果。基因显示，古代的腓尼基人与今天的黎巴嫩人遗传特征最接近。

位于首都贝鲁特以南的提尔古城，建于公元前3000年之初。腓尼基人曾在地中海一带称霸一时，统治着加白斯、马迪克等繁荣殖民地。提尔古城遗址，是古腓尼基人称霸地中海的见证，如今已是废墟一堆。

▲全世界保存最完好的有2500年历史的巴尔贝克神庙

古罗马人特别会享受生活，举凡罗马人染指过的地方都有剧场和罗马浴场遗址：黎巴嫩贝鲁特、提尔古城、比布鲁斯，约旦佩特拉、杰拉什，土耳其以弗所、棉花堡，突尼斯迦太基，马其顿首都斯科普里都有罗马浴场遗址。

位于贝鲁特星星广场的罗马浴场遗址，分两层，圆拱门，用大理石砌成，嵌石铺地，有壁画、雕像，金碧辉煌。居中是大健身房，有喷泉两座，可容纳1600人洗浴。

洗浴分冷热气三种。古罗马人上浴场不光为洗澡，后来发展到在这里进行商务活动、买春和解讼事。有学者认为，打败印加军队的是西班人送的感染疟疾病毒的毛毯，而打败西罗马军队的是日耳曼人给罗马军队送去的染患梅毒的妓女。

富得任性的卡塔尔

我一边车览观光，一边录听地接林红艳对卡塔尔国情讲解。卡塔尔是一个半岛，南北长160公里，东西宽55～58公里。20多万人，多信奉伊斯兰教。通用英语。首都多哈。卡塔尔是波斯湾西岸阿拉伯半岛上的君主立宪制酋长国。

卡塔尔属热带沙漠气候，炎热干燥，沿岸潮湿。4—10月为夏季，是一年中最长的季节。7—9月气温最高，可达45 ℃，冬季凉爽干燥，最低气温7 ℃。年平均降水量仅75.2毫米。

卡塔尔有丰富的石油资源。截至2013年，探明石油储量为28亿吨，居世界第13位，天然气储量25.78万亿立方米，居世界第3位。汽油比水便宜，每升相当于1.74元人民币。

公元前第4千纪，已有人类在这里定居。最早的居民是迦南人、腓尼基人，接踵而至的是阿拉伯人、波斯人、巴勒斯坦人等。居民长期以捕鱼和采集珍珠为生。

伊朗萨珊王朝曾占领卡塔尔。7世纪伊斯兰教传入，卡塔尔被纳入阿拉伯帝国版图。10世纪卡塔尔一度成为卡尔马特国家的一部分。1515年葡萄牙人侵入波斯湾，几年后占领卡塔尔。至16世纪中叶，卡塔尔被并入奥斯曼帝国的版图。

18世纪初，阿勒·萨尼家族从阿拉伯半岛的亚比林绿洲迁到卡塔尔，于19世纪中叶建立了卡塔尔酋长国。这个家族统治延续至今。

第二次世界大战后，卡塔尔人民为争取民族解放进行了英

▲参观皇叔私人博物馆展品，每一件都是稀世珍宝，价值连城，让人叹为观止，大开眼界

勇斗争。1960年首都发生大规模群众示威，1963年又发生工人和职员总罢工。1971年9月1日宣布独立，同年入阿拉伯国家联盟和联合国。

1972年2月22日，埃米尔艾哈迈德被废黜，其堂弟哈利法出任埃米尔，哈利法之子哈马德任王储兼国防大臣。

1995年6月27日，哈马德发动宫廷政变，推翻哈利法，出任埃米尔。2013年，哈马德将王位传给王储塔米姆·阿勒萨尼。

卡塔尔的国教为伊斯兰教，71.5%的人口是逊尼派穆斯林，约10%是什叶派穆斯林。

近年来，卡塔尔经济发展较快。2021年人均收入14.6万美元，是世上人均收入最高的国家之一。卡塔尔石油收入占国民经济总收入80%以上，2022年产量为7410万吨。

行走中东乃至世界，像阿曼和卡塔尔，儿子夺老子皇权的人伦惨剧不断上演。宫廷内的权力斗争，极其血腥与残酷，只有目的，不择手段，根本没有亲情和血缘可言。卡塔尔国王因父王活到九十多岁，就急不可耐地发动政变夺取王位。

卡塔尔是一个新闻高度自由的国家，一座位于市区不显眼的矮平房建筑，是卡塔尔半岛电视台，因报道本·拉登闻名于世。

在卡塔尔旅游，看到的是土豪世界：高楼林立，鳞次栉比。地标性建筑造型奇特，别出心裁，匠心独运，大开眼界！

商铺里一块手表8万人民币，换条表链8000元；一个手提袋10万起，驴友团里老板很多，个个都看得摇头咋舌，堪称世界大观。2019年9月29日，室外39℃，繁华路段不能停车，因而行程不是外观，就是车览。大家都不愿下车，室内室外冰火两重天！

参观皇叔私人博物馆展品，一个个瞠目结舌，叹为观止！有人问星云大师："明知是空，为何还要奋斗？"他说，人是追求意义的生物，不想做一具行尸走肉。追求立功，立德，立言。名家比普通人具备更多智慧，犹如鹤立鸡群。

第二篇　梦回欧罗巴

行前攻略：

古代人把地中海以西的地方叫欧罗巴（意思是"日落之地"）。它位于地球的西面，希腊神话中的腓尼基公主，被爱慕她的宙斯带往另一个大陆，后来这个大陆取名为欧罗巴。神话说，欧罗巴是欧洲最初的人类，欧洲人都是她的孩子。

这是一片拥有44个国家和2个地区的美丽土地。人们通常将欧洲分为东欧、西欧、中欧、南欧、北欧。

东欧7国：爱沙尼亚、拉脱维亚、立陶宛、白俄罗斯、俄罗斯、乌克兰、摩尔多瓦。

西欧7国：英国、爱尔兰、荷兰、比利时、卢森堡、法国、摩纳哥。

中欧8国：波兰、捷克、斯洛伐克、匈牙利、德国、奥地利、瑞士、列支敦士登。

南欧17国：罗马尼亚、保加利亚、塞尔维亚、马其顿、阿尔巴尼亚、希腊、斯洛文尼亚、克罗地亚、波黑、黑山、意大利、梵蒂冈、圣马力诺、马耳他、西班牙、葡萄牙、安道尔。

北欧5国2地：芬兰、瑞典、丹麦、挪威、冰岛、格陵兰（丹）、法罗群岛（丹）。

踏上欧洲，就会被其千姿百态、绚丽而浓厚的艺术氛围所感染。充满诗意的自然风光，引人入胜的千年古迹，清幽淡雅的田园景色，淳厚古朴的风土人情，吸引着全球的观光游客纷至沓来，络绎不绝。

在欧洲，你可能看的是大同小异、千篇一律的教堂、神庙、修道院、宫殿、古城、城堡、公园、雕塑、纪念碑、方尖碑、歌剧院、市政厅、市政广场、国会大厦和哥特式、巴洛克、罗马式等美轮美奂的欧式建筑。

古代欧洲盛产帝国，著名的是罗马帝国，以地中海为中心，跨越欧、亚、非三大洲，涵括西班牙、葡萄牙、奥地利、意大利、土耳其、巴勒斯坦、以色列、法国、瑞士、荷兰、比利时、卢森堡、巴尔干各国、波兰、英国大部、德国部分。

一、品日不落和法兰西

人最大的财富在于心，享用财富是最大智慧。一次14天11国（英国、法国、比利时、荷兰、德国、梵蒂冈、卢森堡、瑞士、列支顿士登、奥地利、意大利）之旅，也是我继新马泰之后，第二条线路的环球之旅，内心收获满满。

11国联游，我的想法是，人生有限，力争在身体健康的情况下，尽量多走一些国家，在职时没有这个条件，经常听到一些领导在比谁跑的国家多，心想，退休后，我一定要将失去的光阴夺回来。

　　欧洲此行，11个国家50多个景点，给我留下美好印象。在英国、法国、德国、意大利、梵蒂冈，印象深刻的是教堂，这是国内极少的历史建筑，在欧洲却比比皆是，感觉这里是世界宗教圣地。

　　建于公元960年、英国伦敦的圣保罗大教堂和威斯敏斯特大教堂、梵蒂冈圣彼得教堂、建立于1248年的意大利佛罗伦萨花之圣母大教堂、米兰大教堂和建于公元829年的威尼斯的圣马可大教堂，都是世界最美教堂之一。

　　建于1163年到1250年间，位于法国巴黎的巴黎圣母院大教

▲英国伦敦桥上的大本钟于1858年4月10日落成。1860年，叔本华来到伦敦桥，面对桥上的大本钟，留下一句旷世名言："人生像钟摆，摇摆于痛苦和无聊之间，没有真正的幸福。"

▲沿着1978年谷牧率领中国代表团赴法国考察的线路走，首站参观法国封建帝王的行宫——凡尔赛宫

堂，德国科隆市的标志性建筑物科隆大教堂，也都是世界上较大的哥特式建筑；进入里面，光听导游介绍，你就会听得津津有味，流连忘返！

在全世界的著名宫殿中，法国的卢浮宫、凡尔赛宫，始建于12世纪末，当时是用作防御的。英国的白金汉宫建于1703年，最早称白金汉屋，意思是"他人的家"，我们在白金汉宫看皇家列队赛马比赛。

凡尔赛宫是法国封建时期帝王的行宫，在巴黎市西南凡尔赛城，是世界上最大的宫殿单体建筑。位于伦敦牛津郡的莱尼姆宫，宫殿四隅建有方形塔楼，中轴线上的门廊和大厅则高高隆起，形成高低错落的天际线。四角塔楼带有巴洛克风格的豪放贝勒伊宫。这三个宫殿均以艺术著称。

简单上路

我问77岁的团友："您老还舍得花钱出来走走？"他爽脆地答道："还愿，美加去了，就差欧洲！"这种把金钱化为享受，用出国多来衡量幸福指数的价值取向，同时下高校招聘只看洋博士一样，其实并不可取。

"生前枉费心千万，死后空持手一双。"人生无常的脆弱性和不确定性，促使人们的生活思维越来越理性，趁身体还健康，就应抛弃人世间的恩恩怨怨，把握今天，赶快幸福；就应放下一切，了无牵挂，简单上路，高兴而归。

相当多的人旅游是为寻开心，"上车睡觉，下车尿尿。景点拍照，回来不知道"。我想旅游就是"现场直播（听导游介绍），立此存照（拍下现场），感悟升华（整理笔记）"。威尼斯地接的解说，耐人寻味：财富是福报，会用才是智慧，旅游是享用财富的最大智慧。

能够出国游表明你有四福：目光、钱财、空闲、健康。没有目光出不来，有钱未必能过签证关，有钱有目光还须有空闲，样样俱全，若身体欠佳又枉然。

及时回首

生命有保质期，过了保质期就是一个毫无生气的植物人。靠社保，靠子女付费也要出来看世界。本团成员来自广州、汕头、梅州、中山、云浮、清远、佛山、珠海、江门。28人中5对上班族、5对退休族，最大男性77岁，女性68岁。

记什么？"衣食无亏便好休，人生世事一蜉蝣。世间多少悠闲趣，何必荣封万户侯。"出国旅游，从理性到感性，用腿用眼用心去认识一个真实的外部世界，而不是道听途说。

英国曾经以"日不落帝国"引以为豪，近几十年仍属世界第六大经济实体，也是世界主要的计算机生产国，制药技术领先世界，药物出口居世界第二。

圣彼得教堂有120年历史，由教堂、梯形广场等组成，可容纳50万人举行活动。雾都伦敦分新城区和老城区两大看点，老城区保持千年风貌，原封不动；钟楼、链桥、威斯敏斯特宫和白金汉宫是常规景点。

新区高楼大厦，鳞次栉比，让人目不暇接。伦敦华埠——唐人街最多的是温州人。一方水土养一方人，真正移民英国觉得生活索然无味。入住英国星级酒店，又是别有一番情趣。

静谧的塞纳河默默地注视着法国的历史变迁。巴黎圣母院响着不朽的钟声，卢浮宫博物馆、凡尔赛宫、埃菲尔铁塔、塞纳河两岸建筑代表了法兰西标志性艺术建筑，迷人的城市风光使法国成为世界游人青睐的旅游胜地。

法国经济总量居世界前列，工业以钢铁、汽车和建筑为三大支柱。布鲁塞尔是比利时王国首都和最大城市。欧盟总部、北大西洋公约组织总部等700多个国际机构设在此处。每年在此举行一二百个国际会议，被誉为欧洲首都。

旅游在外，导游手机、司机车牌是务必记住的。荷兰是目前世界上平均身高最高的国家，本土原始居民男平均1.9米，女1.8米，得益于平时食用高蛋白类食品，为此建筑物出入口要加建至最少2.4米高。

荷兰是世界主要造船国之一，农业生产高度集约化。每个国家每个景点，总会以一些特色产品为噱头吸引游客，荷兰木

▲在土耳其，乘坐热气球看喀斯特地貌

屐、意大利玻璃工艺即是此类。

法国的核电、石油和加工技术及农产品出口居世界第二，宇航工业第三，进出口总量仅次于中国、美国，居世界第三。

卢森堡的中文意思是"森林中的城堡"。城市分新、老两个城区，两者由上百座风格各异的大小桥梁连接，最著名的是女大公夏洛特桥、阿道夫桥和帕塞雷尔桥，桥下是大峡谷，老城保存着中世纪建筑。

卢森堡是一个人性化国家。2011年3月11日，日本福岛发生地震海啸，卢森堡的首都广场立即降半旗为他们表示哀悼。

▲土耳其跳热气球属高风险项目，热气球靠明火力量推动，稍有操作失误，会引发球体着火，此前埃及就出过意外。故每个参加活动的人安全回来都有风险证明书，我和四川张凡共同祝贺安全回来

瑞士苏黎世是仅次于伦敦的世界第二大黄金交易市场，世界著名的玉石汇聚于此，让人大开眼界。一块足有10斤重的"翡翠玉石"让人目瞪口呆。瑞士银行是跨国银行，也是世界第一大资产管理者。

在奥地利的黄金小镇，我一早起来，便在酒店附近拍摄阿尔卑斯山风光。我觉得，万里迢迢花钱出来，却窝在房里睡大觉是最愚蠢的事。

德国是世界第四经济强国和第三大贸易国,专利申请居世界第二,信息业居世界首位,啤酒生产量居世界第二,汽车出口70%。

科隆大教堂流传着一个神奇的事件:二战时一颗重磅炸弹呼啸而来,猛烈穿破屋顶,直下大堂,奇怪的是没有爆炸,整个教堂完好无损。

列支敦士登是一个无军队国家,自1868年后没有卷入任何战争。列支敦士登的邮票以图案精美、题材丰富、色彩鲜艳著称于世,因而有"邮票王国"和"世界集邮中心"盛名。

意大利的罗马、米兰、那不勒斯、佛罗伦萨、威尼斯及港湾是经典看点。意大利是世界主要钢铁生产国之一,葡萄酒产量仅次于法国,居第二。

出国旅游拍摄一定不要忘记和老外一起合影,那是历史的重要见证,通过肢体语言沟通也是一种乐趣。

领队看到我与当地人合影后,特别提醒,旅游在外,安全第一。罗马的治安全球最差,务必不贪,并防盗、防抢,偶尔碰上陌生人围着凑热闹拍照,须防声东击西,乘虚而入。

五光十色的瀑布、湖泊、岛屿,风光绮丽的海滩、小溪、喷泉及辉煌的人文景观,构成意大利的独特风景。

意大利有罗马帝国鼎盛时期的杰作,从艺术、音乐、戏剧到享乐活动,以"条条大路通罗马"享誉后世。

梵蒂冈政教合一,是世界天主教的中心。教皇为国家元首,集立法、司法和行政于一身,任职终身,自称"基督在世"的代表，是世界天主教徒的精神领袖。车览是旅游中的重要一环，那是变相免费远眺沿途风光。

二、涅瓦河畔的沉思

如果在旅游的同时，放大幸福，点亮一盏生命的绿灯，那么，这样的旅游则是一种必需品。我上初中时，借助地球仪和世界地图，对俄罗斯的理性认识已耳熟能详，去俄罗斯的这个梦圆得太晚太迟，直到2010年4月2日才夙愿以偿。"金色俄罗斯"由全国拼团，来自上海、广东、云南、河南以及香港、台湾等地共47人，60岁以上者居多。

"偷得浮生几日闲"，去享受一次出国旅行的快乐时光，对工薪一族来说，每天花几百元，也许是奢侈的。团友中就有个花甲老太因另一半的永别，通过卖房筹钱游遍全球22个国家，从而迅速走出阴影，使生命重放光彩。

品味俄罗斯，重点看莫斯科和圣彼得堡。导游说，两个城市的天气就像男人的心、女人的脸，更像世界格局和政治形势，说变就变。这几天恰好迎来难得的晴天朗日。

莫斯科方圆1200平方公里，这里有厚重的人文历史。圣彼得堡则看主题公园、教堂、人文古建筑和自然风光。这里有多项世界之最。这都不重要，重要的是我已经来过，实地感受比想象的要好。

莫斯科于1147年沿莫斯科河而建，从莫斯科大公国时代开始，到沙皇俄国至苏联及俄罗斯联邦，一直担任着国家首都，迄今已有900余年的历史，是世界著名的古城。

莫斯科拥有众多名胜古迹，是历史悠久的克里姆林宫所在地。莫斯科城市规划优美，掩映在一片绿海之中，故有"森林中的首都"之美誉。

生命因旅游而改变

出来的团友不经意中也在互比，比收入；比晚年幸福，更多的是比谁的身体健康；比谁家的孩子有出息、孝顺，在各行各业中的建树，唯独不比官职大小。

小时我曾做梦，长大后一定要去莫斯科一游。这次我的俄罗斯之旅是抱着好奇感：世界上第一个社会主义国家是怎样从诞生到突然倒塌解体的。

英国前首相丘吉尔在1959年12月21日斯大林诞辰80周年那天，发表演讲说："在艰苦卓绝的年代，有斯大林这样的天才，这样坚定不移的统帅领导国家，是苏联的巨大幸福。斯大林能力极强，他接收的是老牛破车的俄国，而留下的是拥有原子武器的苏联。历史，人民是不会忘记这种人的。"

"忧患元元忆逝翁"，叶剑英元帅在他的一首诗里，这样表达今天世界人民对十月革命领导者列宁的深切怀念，是他开辟了世界被压迫人民争取自由解放道路的新纪元。

梦是走出来的。2010年4月6日清晨，站在圣彼得堡的涅瓦河畔遐思，我仿佛看到停泊着的阿芙乐尔号，沿着炮击冬宫方向的下游，渐渐远去！

三、富裕优美和宁静的北欧

不论何人，在人生拼搏中都不可能一帆风顺，但要相信风水轮流转，天道酬勤，人道酬善，家道酬和，商道酬信。人生总是赢多于输，前提是爱拼才会赢。

"除了沙漠，凡有人群的地方都有左中右。"但好人特别是热心贵人总是多数，否则哪来事事如愿，心想事成。普通公民自费出国，主要是为了开眼界长见识，养身心了心愿。

出国游，说到底就是看世界。看世界所有、中国所无。挪威极光现象、25公里长的隧道、240公里长1300米深的峡湾，都是中国所无。好山好水，但也好无聊静谧，故自杀率特高。

▲2013年5月25日挪威奥斯陆成人节

芬兰、瑞典、挪威、丹麦都是君主立宪，人口数百万，200年无战争。可谓风水轮流转，都从贫穷蝶变为高福利国家。除了芬兰都不是欧元区，挪威是申根，但不是欧盟国家。

四国都囊括自然美景和人文风光，历史文化底蕴深厚，教堂、皇宫、广场、名人雕塑，数百年乃至千年的建筑物都蕴含爱心、诚实、希望、温暖、智慧、勤劳、宽恕诸主题，尤以斯德哥尔摩和哥本哈根为最，不失为一座露天博物馆。

▲长240公里、深1300米的挪威松恩峡湾，居世界第一

网游和实地，自拍和专业拍摄的异同，自拍者多是将本人拍入景点中，证明我来过这个地方。专业拍摄者讲黄金构图、光圈、快门、感光度，对焦、测光、白平衡，后期处理，鲜有将本人摄入景点中，缺点是无法证明你曾到此一游。

四、巡视火药桶巴尔干

2014年的一次行程是香港线路，10国1地区，依次是斯洛文尼亚、克罗地亚、波斯尼亚、塞尔维亚、罗马尼亚、保加利亚、马其顿、黑山、阿尔巴尼亚、希腊和科索沃地区。

巴尔干是欧洲行唯一没有中文地接的地区。我们此行的领队也是香港派的，每到一个国家都有地接，先由地接介绍一番，再由曾领队进行翻译。

巴尔干是南欧的最大半岛。此次行程最大感慨是满目苍凉、穷乡僻壤。揭秘欧洲"火药桶"，它的神秘在于，一块并不辽阔的地方，居住着差异很大的众多民族：既有拉丁语系的罗马尼亚，又有斯拉夫人的塞尔维亚、保加利亚和穆斯林波黑。

政治家称巴尔干为"火药桶"，在于它是地缘政治和各种流血冲突的交织地。作为横跨欧亚的战略要地和三教汇合点，谁控制了巴尔干就控制了地中海。长达千年的矛盾与冲突：意土战争，一战、二战，1991年后三次政治动荡，使南斯拉夫一分为六。

几千年来，全球出现过五个冒险家和征服者：马其顿的亚历山大、意大利的凯撒、中国元朝的成吉思汗、法国的拿破仑、德国的希特勒，但他们都未曾染指巴尔干半岛。

斯洛文尼亚

斯洛文尼亚203万人口，1.9万平方公里，面积相当于广东清远，是欧洲旅游中转地，从这里到意大利威尼斯、奥地利维也纳、捷克布拉格、土耳其伊斯坦布尔，空中飞行不到2小时。斯国人均GDP 3万美元，居巴尔干国家之首。

斯洛文尼亚首都卢布尔雅那，只有30万人口，但"五脏俱全"，生活非常舒适。自然环境保护得很好，分新区和老区。老区古城18世纪被地震毁坏，由意大利人重新设计。

我们先后参观了有三个不同时代教主、铜质大门的卢布尔雅大教堂（欧洲教堂木质门为小教堂）、龙桥、三重桥、城市广场以及地震后意大利人罗巴设计的喷泉、巴洛克式市政厅，重点游览了布莱德湖。

布莱德湖，又叫碧湖。被雄伟的阿尔卑斯山所环抱，"三头山"积雪融水不断注入湖中，故又称"冰湖"。在湖边望去，深蓝色湖面中的小岛上，一座巴洛克式教堂耸立在林木之中。这里过去是教徒的祈祷圣地，现已辟为教堂博物馆。

湖的右边山上有一座古城堡，相传专为古代国王每年来这里避暑修建。

克罗地亚

克罗地亚的面积5.6万平方公里，人口406万，有克罗地亚族、塞尔维亚族及穆斯林族等。

公元10世纪，斯拉夫人南迁巴尔干，建立克罗地亚王国，此后一直归匈牙利统治。1918年，与其他斯拉夫民族组建了南斯拉夫。1991年克罗地亚独立，次年加入联合国。

克罗地亚沉淀了各种历史古迹，希腊、罗马、斯拉夫、奥地利、土耳其等都在此留下遗迹。首都萨格勒布是一座有着900多年历史的古城。圣史蒂芬大教堂是萨格勒布最著名的教堂，始建于11世纪。

克罗地亚是巴尔干历史文化和自然景观最丰富的国家。著名的海岸名城多在克罗地亚，包括人间天堂杜布罗夫尼克及拥有古罗马宫殿的斯普利特和世界遗产十六湖国家公园。我身穿红色衣服，衬托绿色背景，一一拍摄留念。

十六湖于 1979 年列入"世界自然文化遗产名录"，由 16 个（目前增至 18 个）大小不等、逐级落差的湖泊组成。湖水碧绿，瀑布飞溅，令人赏心悦目。湖中碳酸钙和碳酸镁沉积成天然堤坝和天然湖泊。物种有獐、熊、狼、野猪等。

斯普利特是克罗地亚第二大城市、亚得里亚海畔最大城市。其因罗马帝国戴克里先皇帝退位后，于公元 305 年将宫殿建于此而闻名。戴克里先宫正门 6 根大理石柱宏伟壮丽，是远涉重洋从中东运至。

波斯尼亚

波斯尼亚，简称波黑，面积 5.1 万平方公里，401 万人口，1990 年独立。该国分成三个实体：波黑联邦、塞族共和国、布尔奇科特区。首都萨拉热窝，1885 年已使用有轨电车，是世界上继美国旧金山，第二个使用有轨电车的城市。

波斯尼亚号称"欧洲火药桶"，至今街道两旁建筑物仍弹痕累累。然而，我们关注的目光更多的是投向历史名胜，如莫斯塔尔、西查尔西亚老城和爆发一战的拉丁桥。

那天，我们在莫斯塔尔用过午餐后，参观莫斯塔尔古桥。

战争爆发前，这里会举行桥上跳水年度运动。小伙子们一展雄姿，互相竞赛以博取同城姑娘们青睐。2004 年为庆祝大桥重新开通，9 名小伙子一起从大桥上一跃而下，进行跳水秀表演。中午，我们就在莫斯塔尔镇上就餐。

塞尔维亚

塞尔维亚位于多瑙河中游，面积8.8万平方公里，人口990万。流经十个欧洲国家的多瑙河，在塞尔维亚境内有500多公里。沿岸有较多国家公园和自然保护区的秀丽风景与古遗址。

南斯拉夫前身是一战后成立的"塞尔维亚人—克罗地亚人—斯洛文尼亚人王国"，1929年改称南斯拉夫王国。1963年更名为南斯拉夫社会主义联邦共和国。

联邦由塞尔维亚、克罗地亚、斯洛文尼亚、波黑、马其顿和黑山6个加盟共和国，以及伏伊伏丁那和科索沃2个自治省组成。南斯拉夫实行国有化土改，创立自治的社会制度。

1979年，南斯拉夫人均GDP已达到2635美元，老百姓有住房、汽车，国民每两年就会出国旅游一次。在冷战时期，南斯拉夫百姓的生活令东欧各国羡慕不已。

然而，随着铁托去世，苏联解体、东欧剧变，南斯拉夫各共和国的民族主义势力开始抬头，民族矛盾激化。20世纪90年代初，斯洛文尼亚、克罗地亚、马其顿和波黑4个共和国纷纷宣布独立。

卡莱梅格丹城堡是塞尔维亚最著名的公园和标志性景点与休闲场所，以风景如画的喷泉、逼真的雕像和波澜壮阔的历史建筑而闻名于世，每年都会吸引无数游客来此了解历史，放松身心。

领队到处找我，原来我不放过四个区的任何一个有历史印记的景点，特别是碑刻文字说明。15世纪奥斯曼时代，用了40年兴建世界七大圣沙华东正教堂，教堂内没有座位，各国东正教堂会有不同，但一个共同特点是有圣母抱子像。

罗马尼亚

在东欧剧变中，有一个元首死相最惨，此人就是罗马尼亚前总统齐奥塞斯库。1975年他访问中国，还与毛泽东主席握过手。1989年12月25日，就被自己的国民逮捕，随即被枪决。

而今，首都布加勒斯特给人留下太多想象空间，皇宫、政府广场、军人俱乐部、国家警察部、银行、国家艺术博物馆、凯旋门、教堂、国家歌剧院，都有各自动人的故事。

最具讽刺意味的是，齐奥塞斯库以数百亿资金耗时8年，建了全球第二的国会大楼（第一为美国五角大楼），建筑面积3.5万平方米，高84米，12层，3000个房间，自己一天也没享受，便死于非命。

罗马尼亚现面积在欧洲排名第十二。罗马尼亚有一小段位于黑海边的海岸线，和塞尔维亚、保加利亚之间以多瑙河为界。进入该国，最先来到13世纪初建城的布拉索夫，有"国王的王冠"盛誉。

建于1373年的哥特式城堡，是中世纪的重要关隘。建于1383年的哥特式黑色天主教堂，教堂内有一个由4000个管和76个键盘组成的管风琴。布拉索夫是一个休闲的城市。年轻人假日只做两件事：去教堂洗礼，陪父母吃饭聊天。

每个斯文秀气的年轻人面对耶稣像都会虔诚地画十字架。

无论男女老少都乐意与陌生游客亲昵地合影。

在首都布加勒斯特，旅游团里和我玩得相当默契的诗人黄政致，有感罗马尼亚地接导游热情开朗，可惜语言不通，于是即兴赋诗《西江月》一首：

黑发明眸挺鼻，雪肤笑靥丰胸。高挑倩影靓姿容，秀色堪餐惹梦。

有幸勾肩合影，无能搭语沟通。碰杯赏美笑春风，只差秋波暗送。

保加利亚

美女和玫瑰，是保加利亚旅行最赏心悦目的两个元素和标签。保加利亚观光的重点在首都索非亚。如果观光休养，就到海滨仙境瓦尔纳，那里比索非亚还要热闹，美女如云。

保加利亚位于巴尔干东南，面积 11 万平方公里，人口 797.4 万。2005 年加入欧盟。1991 年定为议会制国家。

巴尔干国家比比皆是的基督和东正教堂、伊斯兰教清真寺、修道院，只是年代（中世纪前后）、派别（同教各国不同）和颜色（罗马是红色）、风格（巴洛克和哥特式）不同。

教堂数量多、有特色且气势宏伟的要数保加利亚首都索非亚。著名的有早于 1877 年历时 10 年建成的亚历山大·涅夫斯基大教堂及圣索菲亚大教堂、圣内德利娅大教堂。

巴洛克和哥特式的区别在于圆顶和尖顶；天主教与东正教

▲位于阿尔卑斯山脉里拉山脚下的里拉修道院被联合国录入世界文化遗产。全球最大的修道院——保加利亚里拉修道院

的区别是后者有座位和祭坛后面有空间。伊斯兰教的清真寺不以有生命的东西做偶像，其拼图历经"花草—动物—人"三个时期。道德的力量靠觉悟，靠自我约束；宗教的力量则用"人在干，天在看"，用神来震慑。西方信奉神主宰世界，"君权神授"。拿破仑不信，结果死得很惨。

1983 年被联合国录入世界文化遗产的里拉修道院，位于阿尔卑斯山脉里拉山脚下，在重重无边绿色群山中和与世隔绝的云里雾间遗世独立。保加利亚人说，如果你没有去过里拉修道院，那么你就不算到过保加利亚。

始建于公元 10 世纪的里拉修道院，格局严谨，层次分明，像中世纪的城堡。四周墙壁是目不暇接的精美彩画。彩画的人物以圣母玛利亚和圣经故事亚当与夏娃偷吃禁果、"好人上天堂，坏人下地狱"彰显因果报应、惩恶扬善等为主题。

马其顿

来到巴尔干半岛文明古国马其顿，这个国家面积2.5万平方公里，人口204万。公元前700年，马其顿民族已为世人所知。公元前5世纪中叶，以国王为首的国家在下马其顿出现。

公元前338年，腓力二世战胜了希腊联军，成为希腊诸城邦的主宰。其子亚力山大大帝于公元前330年灭亡波斯帝国，不久建立起了一个地跨欧、亚、非三洲的庞大帝国——马其顿亚历山大帝国。

首都斯科普里附近有基督教堂和修道院，如St.Pantelejmon教堂（内有举世闻名的12世纪壁画——《基督的悲哀》）；建于14世纪的St. Denetrins教堂和Mark修道院。在河边有圣母玛利亚修道院，步行向前可见到湖边上的St. Andrew教堂，里面有19世纪木雕的圣像。

200多万人口的斯科普里，街两旁的雕像，大大小小多达100多万个。我们冒雨登上位于瓦尔达尔河左岸的制高点——建于6世纪的古城堡，俯瞰全城，依次参观了建于15世纪的建筑清真寺、石桥。

地接说，中国已有公司过来洽谈，条件是前期免费帮助建修高速公路，5年后收入归中国公司。2017年即动工兴建。目前已有多国来巴尔干投资项目。

黑山

途经亚得里亚海岸上一个多山小国黑山。它位于巴尔干西南，面积只有1.38万平方公里（比广东清远还小），人口62.5万，四周与塞尔维亚、阿尔巴尼亚、波黑、克罗地亚相连。

公元6世纪末到7世纪初，部分斯拉夫人移居到巴尔干半岛。9世纪，黑山建立杜克利亚国家。黑山是巴尔干半岛少数抵抗土耳其人成功而顺利保留自己独立文化的国家。

1878年黑山为独立国家。1918年一战后，黑山再次加入"塞尔维亚人–克罗地亚人–斯洛文尼亚人王国"，1929年改称南斯拉夫王国。1941年二战爆发，德、意法西斯入侵。

20世纪90年代初，南斯拉夫联邦解体，黑山和塞尔维亚两共和国联合组成南斯拉夫联盟共和国。2006年，黑山宣布独立，同年成为联合国第192个成员国。

首都波德戈里察二战时毁于战火，现仅存土耳其钟楼和清

▲坐落在亚得里亚海滨的黑山，有"小杜布罗夫尼克"之称的布德瓦是度假城镇。巴尔干线是唯一没有中文地接的国家，每到一国都由当地人先讲解，再由领队在一旁翻译

真寺。其景点主要有列为世界自然文化遗产的古城科托尔、布德瓦和斯库台湖国家公园。

位于黑山的南欧最大避风港科托尔古城，是亚得里亚海沿岸保存中世纪古城原貌最完整的城市之一，被列入世界遗产名录，可与克罗地亚的杜布罗夫尼克媲美。

科托尔古城有大量的名胜古迹和宗教建筑物，较为著名的是建于1166年的圣尼古拉斯塞尔维亚东正教堂，其罗马式建筑及圣像壁书极具特色，塔顶上的大吊钟至今仍定时敲响，且声音特别洪亮。

科托尔有两个地方最吸引人，一是保存完好的中世纪城市格局；二是完整的、从海边到山顶的城墙和堡垒。在弯曲的街道和纠缠的小巷里漫步10分钟，也许会发现自己又回到了原来的地方。

黑山最值得夸耀的是度假胜地布德瓦，约21公里长的海岸线上拥有17个美丽的沙滩，被认为是亚得里亚海最大、世上五大最吸引人的海滩之一，有"小杜布罗夫尼克"之称。蓝色的大海、红色的屋顶，白色的云彩和墨绿色的山峦构成绚丽多彩的画卷！

布德瓦是度假城镇，有2500年的建城历史，长期受古罗马、拜占庭、威尼斯、奥匈帝国影响。在威尼斯人统治期间，布德瓦便有了自己的造船厂和商船队。老城的门、窗、阳台一直延续古罗马的建筑风格。而城墙历经地震，居然没有被毁坏，仍保持原样。

黑山因特殊的地理位置，每年还吸引着世界各地邮轮，尤其是好莱坞影视明星，为了躲避狗仔队的骚扰，他们将黑山作为海滨度假的不二之选。

科索沃

途经塞尔维亚的自治省科索沃，该地2008年宣布独立，目前有69个国家承认它的独立地位，中国、俄罗斯、印度在内的大多数国家拒绝承认科索沃独立，现由联合国托管。中午，我们就在被称为首都的普里什蒂纳就餐。

科索沃古为伊利里亚人和色雷斯人地区，后成为罗马帝国的一部分。6世纪末7世纪初，塞尔维亚族、马其顿族等民族前身古斯拉夫人从北方向该地迁徙，并向南渗透到今阿尔巴尼亚、希腊等地区（阿、希两国都不是斯拉夫国家）。

14世纪中叶，奥斯曼帝国入侵，并于1389年的科索沃战役中击溃塞尔维亚人。之后科索沃渐渐成为鄂图曼帝国的一部分。在鄂图曼统治下，科索沃渐渐成为穆斯林地区。现在面积1万多平方公里、人口173万。

2008年，科索沃的失业率高达45%。37%人民生活在贫困线以下，全国基础建设陷于停滞阶段，公路大多年久失修。铁路总长1240公里。首都普里什蒂纳地铁1、2号线于2013年开通。实际上仍需要各国的经济援助。

阿尔巴尼亚

阿尔巴尼亚位于东南欧巴尔干半岛西岸，面积2.8万平方公里，人口313.5万。1912年第一次巴尔干战争后，在奥匈帝国的扶植下宣布独立，1946年宣布成立阿尔巴尼亚人民共和国。

1949年同中国建交。1991年，阿总统接受了劳动党政府的集体辞职，次日任命劳动党议员布菲为新总理，授权他组织由各主要政党代表参加的新政府，一举改变47年来劳动党一党执政的局面，并更名为阿尔巴尼亚共和国。

斯库台湖是阿尔巴尼亚与黑山的边界湖，长48公里，最宽处达14公里，最深44米，面积370平方公里，是巴尔干最大的天然湖，也是地中海盆地最大的淡水湖。6条河流注入此湖，湖水经布纳河注入亚得里亚海，可通航。

湖中有被称作"活化石"的珍贵动植物。考古研究发现，湖内现存生物同5000万年前第三纪的生物几乎一样。湖中的海绵及鱼类形状与现存化石的形状无大差异。蜗牛种类多至53种，多属远古家族，有新石器时代人类聚居遗迹。

目前该地区拥有最重要的鸟类生存环境和迁徙区域，约281种鸟类栖息于此，包括斑嘴鹈鹕和金雕，占阿境内发现鸟类数量的87%；每年有2.4万只水鸟在此越冬，成为野生鸟类观赏胜地；有45种鱼类物种，周边有很多哺乳动物。

2014年3月30日上午，我们在此停留就餐，领队指着远远一片水天一色的湖面，对我们说：这就是行程中提到的"斯卡达尔湖"，又称斯库台湖。我与诗人黄政致在湖边合影留念。

希腊

申根和欧盟是两码事，如英国是欧盟国家（后脱欧），但不是申根国家，申根不用签证可以一证通到处跑。巴尔干国家除了斯洛文尼亚和克罗地亚是申根，余者都不是。

希腊位于巴尔干东南端，由伯罗奔尼撒半岛和爱琴海中的3000余座岛屿构成，面积13万平方公里（岛屿面积2.5万平方公里），人口1104万。

希腊被誉为西方文明的发源地，对三大洲的历史发展有过重大影响。希腊神话多涉及宇宙和人类起源，2700多年前就开始有文字记载。

希腊是奥林匹克运动的发源地，公元前已举办293届。1896年举办现代第一届，此后各届在这里点燃圣火，成为和平与友谊的象征。希腊2009年起陷入债务危机。

塞萨洛尼基坐落在希腊北部，与马其顿交界，是希腊第二大城市，公元前315年，就是繁华都市，马其顿王国的京城，也是亚里士多德的故乡。我特地在亚里士多德大学和爱琴海海滨留影。

五、回望中欧

中欧不去会遗憾，在多个线路版本中，我选了探索日耳曼前世今生、布拉格城堡、欧洲名宫美泉宫、夜游蓝色多瑙河。而飞机团最易忽略的是体验德国当地的"巴登文化"。

中欧团共19人，年轻人占九成，只有我尊享单房无须补差的优厚待遇。广州机场出发大厅有14个领队举着旗子。一位79岁的阿婆说：人一世，物一世，出来开开眼界，身心双赢。

奥地利

史前和巴本堡王朝时代

首站维也纳。考古发现，新石器时代在此已有人类活动。公元前500年，凯尔特人建立一座居住区，公元1世纪，罗马帝国在多瑙河附近驻扎军队并建立城市。

公元955年，东法兰克国王在勒赫菲尔德战役击败了马扎尔人，标志着维也纳和奥地利的崛起。976年，演变为奥地利。11世纪，维也纳已是一座重要的贸易城市，1155年成为奥地利的首都。

哈布斯堡王朝时代

1278年，哈布斯堡的德意志国王统治奥地利，将首都定在布拉格，维也纳的发展蒙上了阴影。1438年，奥地利公爵被选为德意志国王后，维也纳再次成为首都。

1556年，维也纳成为东罗马帝国的首都。1529年，奥斯曼帝国第一次围攻维也纳，奥地利人依靠中世纪时期遗留下的城墙，抵御土耳其人的进攻。

1683年，经历了土耳其人的两次围攻之后，维也纳开始了辉煌的建设时代，继续展现巴洛克艺术风格。贵族们纷纷在城墙内建造花园和宫殿，其中最为著名的是王子欧根的贝尔佛第宫。

奥匈帝国统治下的维也纳

在与法国的战争中，拿破仑的军队两次占领维也纳。第一次是 1805 年 11 月，法国军队不费吹灰之力地进驻维也纳。1809 年拿破仑第二次占领维也纳，但这次他遭到了顽强的抵抗。在奥匈帝国建立的 1867 年，"圆舞曲之王"约翰·施特劳斯创作了奥地利最出名的圆舞曲《蓝色多瑙河》。

1919 年改名为奥地利共和国。1933 年，希特勒上台。1938 年作为德意志帝国总理的希特勒进军并吞并奥地利，结束奥匈帝国的历史，建立了纳粹的独裁统治。

纳粹统治下的维也纳

1908 年，19 岁的希特勒曾两次报考维也纳艺术学院均未被录取。希特勒说："维也纳过去是、现在仍然是我一生中最艰苦的学校。在那里形成的世界观和人生哲学，日后成了我一切行动的坚实基础。"

这种世界观和人生哲学就是："人类之所以为万物之灵，并非基于人道的原则，而是仅凭最野蛮的斗争……假使你不奋斗，则你也就无法生存。"

1944 年 3 月 17 日，盟军第一次空袭维也纳，整个城市的五分之一被毁。

1945 年 4 月 2 日，维也纳被宣布成为纳粹的防守区。维也纳战役持续了八天，4 万人丧生。

盟军占领下的维也纳

维也纳在二战结束后被苏联占领，不久苏联红军开始新建城市管理机构，先是由共产党人担任临时市长，在3天后由奥地利社会民主党人接替。

1945年秋，美国、英国、法国和苏联共同占领维也纳，直至1955年5月15日，奥地利国家条约签署，盟军撤出，奥地利才完全独立。

美泉宫后花园

美泉宫是巴洛克式建筑，曾是罗马、奥地利、奥匈帝国和哈布斯堡王朝家族皇宫。如今美泉宫被联合国列入世界文化遗产名录。

美泉宫得名于一眼泉水。一次，马蒂亚斯皇帝狩猎至此，饮一泉水，心神清爽，称此泉为美丽泉。1743年，玛丽姬·特蕾西亚女王下令在此建宫，这里便出现了气势磅礴的宫殿和花园。

美泉宫内有1400个房间，有44间是18世纪欧洲流行的洛可可式建筑风格。宫中有东方古典式建筑，如嵌镶紫檀、黑檀、象牙的中国式房间、用泥金和涂漆装饰的日本式房间。有中国青瓷、明朝万历彩瓷大盘和花瓶等。

金色大厅

金色大厅坐落在市中心，全团19人有15人观赏了门票75欧元的演奏，听了一阵昏昏入睡。一觉醒来，大呼上当。类似因文化欣赏差异"不看会遗憾，看了更遗憾"的还有在法国看红磨坊演出、美国看"泰坦尼克号"演出。

斯洛伐克

布拉迪斯拉瓦城堡位于多瑙河岸边丘陵上，四方形建筑。最初是古罗马城堡，如今古老的部分于13世纪重建，新的部分则是玛丽亚·特瑞莎为她心爱的女儿建造的。

多瑙河绕城堡而过。布拉迪斯拉瓦是多瑙河航线上最大的港口之一，自古以来，就是北欧与南欧之间的重要商道，所以古罗马时此地就是要塞。当天世界各国前来参观的人络绎不绝，仅广东就有16辆大巴车。

多瑙河是流经国家最多的河，发源于德国黑森林，全长2857公里，在300条支流中有30多条通航。流经的大城市有两千多年历史的雷根斯堡、古城维也纳、多瑙河明珠布达佩斯、白色之城贝尔格莱德。

中欧国家，全民信教。参观每个教堂，都是齐刷刷虔诚祷告的信徒，在寻找生与死的意义和价值。

有人说，中国有悠久的历史，但较少影响世界的科学文化成果，就在于精神世界缺少永恒，更多的是短期行为和急功近利。科学泰斗孙家栋、屠呦呦，没见风光；明星周杰伦、陈晓春、黄晓明的婚礼，却家喻户晓、声名大噪。

地接说，这里义务教育是放牛式的。老人均由国家包养，移民华人很少。令驴友惊奇的是这里红灯区合法，婚外情公开，华人涉外婚姻鲜有成功。

匈牙利

首都布达佩斯于1987年被列入"世界文化遗产名录"。保留有古罗马式和哥特式布达城堡等遗迹的建筑风格，是世界城市景观的典范之一，显示了匈牙利都城各伟大时期的风貌。

佩斯的名字来自斯拉夫语，意思是"炉子"。1241年蒙古人几乎完全摧毁了佩斯，1361年佩斯成为匈牙利首都。布达佩斯的地铁，是继伦敦地铁之后欧洲最古老的地铁。

从1526年开始，哈布斯堡王朝战胜了奥斯曼帝国，赢得了匈牙利国王的位置。1723年佩斯成为王国政府的驻地。佩斯是18世纪和19世纪发展最快的城市之一。

1896年，匈牙利庆祝马扎尔人定居1000周年，市内修建了许多大型的工程，比如英雄广场以及欧洲大陆上的第一座地铁。从1840年到1900年，居民数翻了七倍，达到73万人。

1918年奥匈帝国分裂，匈牙利独立，到1930年，布达佩斯有100万常住居民和40万郊区居民。

二战期间，直到1944年，匈牙利企图脱离与德国的联盟，使得纳粹德国发动战争占领布达佩斯。虽然如此，当地仍有50万犹太居民，即大约有三分之一死于纳粹的大屠杀。

1944年，布达佩斯遭到盟军轰炸的破坏。从1944年12月末到1945年2月初的为期102天的苏联军队的包围，炸毁了多瑙河上所有的桥，在整个围城过程中有3万多市民丧生。

1946年匈牙利成为共和国。1949年共产党政权推翻了原来的共和国政府，改称为人民共和国。1950年，布达佩斯扩展了范围。20世纪50年代城市得到恢复。但1956年匈牙利十月事件被血腥镇压后，在匈牙利全国发生了清洗。

链子桥

链子桥于1839年始建，1849年完成，二战期间德军将桥梁全部炸毁。1949年重新通行。链子桥是连接佩斯与布达两城的永久性建筑。著名诗人裴多菲用"生命诚可贵，爱情价更高。若为自由故，两者皆可抛"来象征永恒。

布达皇宫

布达皇宫为13世纪时，"阿鲁巴多王朝"在多瑙河右岸所建。土耳其占领期间长期失修；18世纪开始部分重建，成为新巴洛克式建筑。

站在中世纪城墙遗迹上，可俯瞰多瑙河及市街全景。自此经山下的隧道沿路走到多瑙河上的链桥，桥的另一侧即是佩斯地区。夜游多瑙河，沿岸两旁更是金灿灿，别具一番风景。

国会大厦

1873年，布达、老布达、佩斯三个城市组成了如今的布达佩斯。当时的马扎尔人要成立一个上得了台面的立法机关来彰显这个城市与国家匈牙利，"国会大厦"就此成形。

大厦于1896年开工，1904年启用，历时8年，楼高96米

（约32层楼高），用了40万块砖、100万块珍贵石材、重达40公斤黄金为建筑材料，全面采用电灯、电梯、机械通风、冷暖空调等先进设备等。

波兰

克拉科夫

克拉科夫是用一个守护神的名字命名的，公元7世纪时建成。公元10世纪末，克拉科夫并入波兰国家版图之前，维斯瓦公爵已在此建都。

从卡齐米日国王起，克拉科夫成为波兰首都。1320年起克拉科夫为国王的加冕地。18世纪统治王朝迁都华沙，这座风光了700年的城市逐渐被人遗忘。

第二次世界大战前夕，克拉科夫的250万总人口中有6万名犹太人。战争初期，数千名犹太人逃离克拉科夫。

1939年9月6日，德国军队占领克拉科夫，立刻迫害城内的犹太人。1940年5月，纳粹开始把克拉科夫的犹太人驱逐到附近城镇。到1941年3月，约4万名犹太人被赶出家园。德国人还关押了约18000名犹太人。

克拉科夫古城

克拉科夫是波兰古迹最为集中的地方，为波兰最大、最著名的旅游城市之一，每年游客达200多万人。

15世纪，克拉科夫城被壕沟和两道城墙所围，有八个城门。二战期间，波兰仅克拉科夫幸免于难，完整保存中世纪的精华。1978年，联合国把克拉科夫旧城列为世界文化遗产。

城市内有11所高等学校，其中雅盖隆大学最为著名。这是一所拥有600多年悠久历史的国立大学，于1364年建校，是欧洲最古老的大学之一。

古城有一座著名的玛利亚教堂。这是哥特式古建筑，高81米，里面陈列总祭坛、耶稣受难的十字和玻璃绘画等。每隔一小时，教堂钟楼上的号手吹响一次长号。

这座城的城门修建于1307年。城门两侧还有两个戴有金色雕像的小城塔。黝黑的城墙上挂满了五彩缤纷的绘画，水彩、油画、素描、风景、人物或静物。

维耶利奇卡盐矿

位于克拉科夫市郊的维耶利奇卡盐矿，自13世纪开始开采，至今仍在不断挖掘中，是欧洲最古老且仍在开采的盐矿之一，是中世纪劳动艺术的结晶。

1978年被联合国列为世界文化遗产。

盐矿14世纪起成为矿业城市，15—16世纪是鼎盛期，18—19世纪扩建为波兰著名盐都。

奥斯维辛集中营

位于克拉科夫西南60公里，是纳粹德国时建立的灭绝营，又称"死亡工厂"。集中营旧址坐落在气氛肃穆的小树林里。广州团信佛，都嫌它阴气和怨气太重不愿看，更不敢将阴魂拍摄入镜头。

奥斯维辛集中营于1940年4月27日由纳粹德国亲卫队领导人希姆莱下令建造，共有3个主要营地和39个小型的营地，分布在整个波兰南部西里西亚地区。

在战后的纽伦堡审判中，奥斯维辛集中营的指挥官鲁道夫·胡斯供认，多达300万人死于该集中营。奥斯维辛集中营国家博物馆已经将该数字修订为110万。

集中营内关押着来自德、苏、波、法、奥、匈、捷、荷、比、挪、意、西、中国等30多个国家的犹太人、吉卜赛人、战俘、知识分子、抵抗组织成员、"反社会分子"、耶和华见证人和同性恋者，约90%的受害者是欧洲各国的犹太人。

1945年1月27日，集中营由苏联红军解放。1947年7月2日，波兰把集中营改为纪念纳粹大屠杀的国家博物馆，展出纳粹犯下种种罪行的物证和图片，包括囚徒身上的财物，囚徒们在集中营进行地下斗争的各种实物和资料。

1979年，联合国将奥斯维辛集中营列入"世界文化遗产名录"，以警示"要和平，不要战争"。每年有数十万世界各国各界人士前往奥斯威辛集中营遗址参观，凭吊被德国纳粹分子迫害致死的无辜者。

百年厅

百年厅位于波兰佛罗茨瓦夫市，建于1911—1913年德意志帝国时期，是纪念抵抗拿破仑入侵莱比锡战役100周年的工程。建成后是当时布雷斯劳的市政厅。2006年，该建筑被列为世界文化遗产。

百年厅融聚20世纪初各种建筑风格，是钢筋混凝土建筑的先驱之作。其中心对称，呈四叶草形。中心部分是广阔的圆形大空间，直径高达65米，高42米，可容纳6000多人。上方是23米高灯笼式圆顶。

是日中午，驴友们定在捷克用德国黑啤配猪肘（25欧元）。此前4年，我在德国黑森林却是黑啤配猪脚。吃猪肘要趁热，冷了就啃不动。因分量过大，过半驴友吃不完。

捷克

首都布拉格，是欧洲最美丽的城市之一，分布在七座山丘上，伏尔塔瓦河蜿蜒而过。1993年1月，捷克独立，布拉格为捷克首都。全市10个区，国家重点保护的历史文物2000多处。

地接是北京人，1989年来到布拉格定居，常年做华人团解说。他对布拉格的前世今生烂熟于心，对教派标志也很内行。他说十字架代表基督教，十字上面加一横为天主教，加二横为东正教。

布拉格的来历是一个传说。古时建市之初，建筑师来到这里遇见一个老人，在锯木做门槛，做得异常认真仔细。建筑师深受感动，城市建成之后，便命名为布拉格，意为"门槛"。

捷克和犹太、日耳曼人是全球公认的聪明种族。世界上许多尖端专利发明都率先出自他们，然后卖给其他发达国家。犹太民族之所以会被德国纳粹追剿，就因为太强势高调，而捷克奉行的是低调生存。

为何布拉格的古文物能经受历次战争，完整保存下来？地接说，也是捷克的生存智慧，特别是二战，战争一开始就向纳粹德国宣布投降，以尊严换取使整座城市免遭轰炸。

布拉格是浪漫和梦幻的代名词，拥有各个历史时期、各种风格的建筑，如罗马式、哥特式、文艺复兴、巴洛克、洛可可、新古典主义、新艺术运动风格和立体派、超现代主义的建筑，巴洛克风格和哥特式建筑占优势。

大约公元前500年，凯尔特人的波伊部落居住于此，将这个地区称为波希米亚。数千年来，伏尔塔瓦河段为南北欧商路要津。最古老的居民点始于9世纪下半叶。

后来，日耳曼人赶走凯尔特人，移居到这一地区。到公元6世纪，日耳曼人部落多数移居到多瑙河流域。一支斯拉夫部落乘机从西面入侵，他们就是捷克民族的祖先。

13世纪，在布拉格城堡周围的3个居民点获得了市镇的特权。1257年，在布拉格城堡以南新建了小城，这是德意志人居住的地区。布拉格老城则早在1230年获得自治权。

14世纪，布拉格在罗马卢森堡王朝的查理四世统治下达到鼎盛时期。查理希望布拉格成为世界上最美丽的城市，创造了三大杰作：

第一杰作是建筑该市最为显赫的圣维特主教座堂，在中欧首先采用了宏伟的哥特式，高度仅次于德国的科隆大教堂，室内装饰采用了独立的艺术风格，称为波希米亚学派。

第二杰作是1348年4月建立中东欧第一所大学——查理大学。同年，他还在老城的旁边建立了布拉格新城和新建许多教堂。

第三杰作是耗时60年建的505米长、5米宽的查理大桥。大桥用鸡蛋清做黏合（中国是糯米），桥上33尊雕塑，著名的一尊是捷克桥梁保护神圣约翰。查理四世把历代国王建造的城堡和宫殿连在一起，称为布拉格城堡。

布拉格的建筑给人整体上的观感是建筑顶部变化特别丰富，并且色彩极为绚丽夺目（红瓦黄墙），拥有"千塔之城""金色城市"等美称。1992年，布拉格被联合国教科文组织列入世界文化遗产名录。

老城区是布拉格最早的居民区之一，《布拉格广场》《布拉格之春》中吟唱的就是老城广场。天文钟是世界最著名的天文钟之一，人群在钟楼下面等待令人期待的整点报时，是中欧行程的精华和亮点。

泰恩教堂是旧城广场，是最古老、最醒目的哥特式建筑，高耸的双子塔引人注目；圣尼古拉教堂是布拉格城内巴洛克式建筑的代表，也是市区最美的巴洛克式教堂。两座教堂和胡斯纪念碑雄踞在广场上。

作为世界上最大的城堡群，布拉格城堡更像一座小城，主要入口在西侧，每隔一小时会有士兵换岗仪式，第三个庭院里矗立着举世闻名的圣维特大教堂，也是布拉格城堡王室加冕与辞世后长眠之所。

教堂后方是火药塔，是展出中古艺术、天文学和炼金术文物的博物馆。旧皇宫建筑本身就是艺术品。出了宫殿是罗马式的圣乔治大教堂，临近就是圣乔治修道院，收藏着大量文艺复兴时期的作品。

德国

1793年，普鲁士雕塑家以雅典卫城的城门作为蓝本，设计并完成了一尊"胜利女神四马战车"雕像，并将其安放上门顶正中央，胜利女神张开翅膀，驾着四马两轮车面向柏林城内，象征着得胜归来。

1806年10月27日，拿破仑率领法国军队，以征服者的身份通过曾经象征普鲁士胜利的勃兰登堡门，进驻柏林，占领了普鲁士。他命令将勃兰登堡门上的胜利女神雕像拆下装箱，作为战利品运回巴黎。

1814年，普鲁士参加的第六次反法同盟占领巴黎，拿破仑宣布无条件投降，胜利女神重新回到勃兰登堡门上，标志着普鲁士的重新崛起。

二战中，德国战败后，分裂为东德和西德，柏林也被分为东柏林和西柏林。东柏林由苏联占领，西柏林由美国、英国和法国占领。勃兰登堡门属于东柏林管辖。

1961年8月13日，柏林墙开始建造，长169.5公里，高3.5米，最早是铁丝网，后改造成由混凝土墙、铁丝网构成，延墙修建了大量的瞭望塔、碉堡和壕沟。柏林墙使西柏林与东柏林完全隔离，截断了公路、铁路，湖泊也停止通航。

20世纪80年代末，苏联经济模式下的东欧经济陷入困境，西方国家的和平演变，引发民主德国改革。东德最后一任总理在门的另一端迎接西德总理科尔，标志着勃兰登堡门再次开放。随后隔离区被完全拆除，德国人民在勃兰登堡门前的柏林墙上跳舞庆祝。1990年10月3日，德国再次完成了统一。

从1961年柏林墙建立以来到1989年柏林墙的倒塌，28年，被捕的人数达到3221人，而成功逃往西柏林的人数也不过5043人。现存的柏林墙作为历史遗迹被保留下来，最长的一段有1公里长。它见证了德国的分裂与统一。它就像一道无法消除的伤疤，永远提醒着柏林人不要忘记当年的血泪和创伤。

国会大厦见证了希特勒的兴亡。而中间隔着一个花园广场和一片红叶树林的总理府，则十分普通并不显眼。这里游人如织，川流不息。

在中国大使馆旁有一间浙江温州人开的中餐馆，浙江温州人、福建莆田人和广东潮汕人被戏称为东方犹太人，特别会做生意。也许是职业习惯，我和老板聊得很多。

他说：这里做生意不用拉客，不存在官商勾结，也没有黑社会骚扰，用餐都是当场付款。当夜住柏林。温州老板聊的最奇葩的欧洲风情就是巴登温泉文化。整个欧洲都是男女混浴蒸桑拿。著名的是弗里德里希温泉浴场，独具魅力。

我问：从柏林到巴登有多远？老板说：直线距离大约500

公里，多数人选择坐火车。我说：行程上没有安排。

好奇心比任何事物都奇巧。机会真的来了。2017年12月17日，我的游记大赛一等奖，奖励游莱茵河欧洲四国就有到德国巴登的行程，填补飞机团空白。

镜头回放：2017年12月13日，当我从瑞士巴塞尔机场走出，立即有维京小红人驱车前来接机，维京大巴车将我们一行5名游客送达巴塞尔渡口。

从渡口踏入维京船舱，受到船方列队欢迎并端上热茶。当我踏入105房，不禁眼前一亮：房间设计精致，隔窗可见岸上风光。服务员指着台桌上的果品酒水和碗面说："这些都不需要付费，您可以任意享用，随时补给。"

离开熟悉的环境，进入陌生舒适的环境，顿觉进入一个五星级新家的感觉。此行真是远超预期，服务一流，一价全含，还送礼品，船方赚不了什么钱，如果说要赚，那就是赚到口碑。

河轮与海轮相比，河轮的优势是更平稳，特别适合老人群体。据悉，目前维京已在全球开通的线路有18条。

欧洲人称莱茵河为父亲河，称多瑙河为母亲河。搭乘维京河轮顺着莱茵河一路向北，途经瑞士巴塞尔、法国斯特拉斯堡、德国巴登-巴登、海德堡、吕德斯海姆、科布伦茨、科隆、荷兰小孩堤防、阿姆斯特丹，沿途风光美不胜收。

被称为瑞士佛罗伦萨的巴塞尔有40家博物馆。这个世界上最富国之一的城市排行榜是苏黎世、日内瓦、巴塞尔、伯尔尼、洛桑、圣加伦、卢塞恩。首都伯尔尼6公里的拱廊，零点禁飞，七个部长轮值总统成为此行看点。

搭乘观光游船徜徉在美丽如画的瑞士卢塞恩湖上，中世纪的木桥，白雪皑皑的山脉，从身边缓缓退去，恍若置身于童话世界。

法国是世界第一旅游大国。18世纪启蒙运动和接二连三的革命，向外传递新的理念和影响。城市排名为巴黎、马赛、波尔多、里昂。法国国民可以公开谈性，容忍总统情妇缭绕；女人若没有情夫会很没面子，被人笑话。

德国迄今有37个项目被列入世遗，充满中世纪景象的街道、城堡和庄严的大教堂、修道院及盐矿场。德国经济又是引领欧洲的火车头。德国城市排行榜为柏林、汉堡、慕尼黑、科隆、法兰克福、斯图加特、杜塞尔多夫。

科隆是德国第四大城市，科隆大教堂是其标志性建筑，为哥特式教堂，四周为彩绘窗户，由四种颜色玻璃构成。其中金色表示天堂，红色表示爱，蓝色表示信仰，绿色表示希望和未来。每幅画都是一个圣经故事，让人大长见识。

被誉为"北方威尼斯"的荷兰有五大宝：风车、木鞋、奶酪、钻石、郁金香。

1000多座17世纪的风车成为民居或博物馆，被列入世界遗产名录。荷兰小国富有，世界五百强有14家。

地接说谁控制全球的金融和海上霸权谁就是霸主。16—17世纪世界的霸主是荷兰，18—19世纪是英国，20—21世纪是美国。

荷兰城市排行榜是海牙、阿姆斯特丹、鹿特丹。在世界多种文化并存的今天，阿市黄赌毒俱全，红灯区将人类本性演绎到极致，也在欧盟国家引起争议。

有人说，艺术的最高境界不是绘画，而是建筑。位于荷兰鹿特丹东南10公里处，至今保存有19座建于18世纪40年代的风车，这组旧风车群叫"小孩堤防"。1997年，小孩堤防风车群被列入世界遗产名录。

荷兰的"风车之国"并非戏称。这次考察才发现风车是一座多功能建筑，既可排洪防涝，又可住人。由国家建设风车塔楼，每年拨30万美元作为维修费，租给农民负责维护使用。风车里面共有三层楼，厨房、卧室、储藏室一应俱全。

博物馆是欧洲文化的重要窗口。特别是荷兰喜新不厌旧，运河两岸鳞次栉比的17世纪建筑和国家博物馆，讲述着人类的沧桑血泪史。

天才总是因为领先世人，走得太快而不被世俗看得起。凡·高就是这类天才，其一生800多幅珍品，只卖出一幅，最后因穷困潦倒，患暴躁抑郁症自杀身亡。

欧洲世袭皇室通婚，为了利益又互相冲突，血缘关系也很难维持稳定政局。这就是一部欧洲发展史得到的启示，血缘构建的政权并不靠谱，世界也是风水轮流转。荷兰三大博物馆，留给世人太多的想象空间。

2017年12月13日这天，不仅看到林海雪原，还看到场面火爆的浓厚圣诞气氛。西欧圣诞气氛持续一个月。地接说，学校会放两个星期假。每年圣诞期间，各家会倾巢出动，平安夜又是万人空巷，商家看准时机，一月可赚上半年的收入。

滑雪，是欧洲人的天生最爱，无论在白雪皑皑的黑森林，还是在熙熙攘攘的繁华闹市区，无论德国，还是荷兰，所到之处，都可看到年轻人滑雪的场面。

青山，秀水，雕像，宫殿，教堂，广场，市政厅，修道院，博物馆，千年城堡，构成莱茵河两岸独特风景线，吸引全球游客纷至沓来。一趟莱茵河行程，体验了陆海空，历史与现实的切换和交融。

徜徉在欧洲大地，我用心细细感悟，用脚慢慢丈量，顿觉活出了精彩，活出了尊严，无愧今生！

镜头回到德国巴登。2017年12月17日，星期天，当天午饭后，领队宣布自由活动：购物或泡温泉各人自选，去泡澡的跟地接导游走，下午2点集合。我发现有23人选择去泡温泉。

巴登背靠青山，面临秀水。独特的气候和良好的自然环境，是欧洲著名的度假夏都，建于1869年的弗里德里希温泉池更是闻名遐迩。140多年来，一直秉持人生"赤条条来，赤条条去"的理念，也即光着身，不留影，一尘不染。

公元1世纪，古罗马人在巴登山谷里发现了温度高达69℃的矿泉。炽热的泉水从2000米深处涌出，于是建造大型的沐浴场所，而今世界游客来到这里，在遍布全城的12眼温泉中尽情享受。

历史上拿破仑三世、维多利亚女王、沙皇亚历山大和普鲁士威廉、弗洛伊德、陀斯妥耶夫斯基、马克·吐温、瓦格纳、拉姆斯等名人权贵，都曾在此泡过澡。

大名鼎鼎的美国作家马克·吐温还留下一句名言："在

弗里德里希浴池泡温泉，5分钟，你会忘记自己；10分钟，你会忘记时间；20分钟，你会忘记世界。"可见该温泉浴场的品质。

欧洲人喜欢泡澡可以回溯到古罗马时期，罗马士兵征战到哪儿，哪里必然会有澡堂。绵延数千年至今，德国巴登、突尼斯迦太基、约旦玫瑰城、土耳其以弗所和棉花堡、马其顿、黎巴嫩首都贝鲁特，举凡罗马帝国染指过的地方，都残存古罗马浴场遗址。

地接带着我们来到弗里德里希温泉和卡拉卡拉两个温泉。我们一行去了弗里德里希温泉。在闸口刷过17欧元后，工作人员领着我们往换衣间走去，只见浴客摩肩擦背，却秩序并然。我们换了衣服，用手表锁锁上柜门，工作人员才离去。

原来，弗里德里希温泉，由温泉浴、蒸气浴和按摩等组成，周一和周四男女分开，其余日子都是男女混浴，今天是周日，人特别多。

进入建筑物的里面，有2000年历史的古罗马浴池遗址，这里有类似中国春宫图图案。这让我想起这种图案在印度、尼泊尔、荷兰博物馆早已司空见惯。这就是东西方文化的碰撞，西方是普及生理知识，东方却视如洪水猛兽。

一楼是高温浴池。温泉池星罗棋布，多种规格，高高低低、大大小小、形态各异，池里雾气缭绕，浴客沉醉其中，像煮水饺。我觉得泡的不是温泉，而是中西方文化差异，中国男女混浴必须穿泳衣，欧美和日本男女混浴是全裸。

在天地浴池放松身心，感受古罗马人的奢侈和舒适：自然光亮自圆拱上投射下来，映照着线条分明的男客和体态丰盈的女士，环顾周围精致的雕像与春宫图壁画，顿觉时空交错，时光机送我们回到男女混搭的旧石器时代。

仰躺在浴池中，我不禁精骛八方！国际旅行家的目光总会超越背包客，看到与众不同。德国人把水疗养心，桑拿洗浴，作为人间天堂和生活不可或缺的活动。我忽然想到见怪不怪：此前在墨尔本大学见过的男女生在街头"光猪跑"、墨西哥大学的裸奔节、丹麦青年庆祝春天来临的男女一起裸跑和日本的裸身"会阳节"。

二楼是桑拿浴。男女泳客人头攒动，但井然有序，更无喧哗。我粗略巡视一下，有容纳上百人的干蒸房，有容纳30多人的湿蒸房，也有仅容纳2人、深2米的梯级冰火两重天的圆筒形小泳池。

从二楼湿蒸后，我们仨来到室外山坡上鳞次栉比、别有洞天的木屋干蒸。中国女宾见到男客会一哄而散，这里不同肤色的浴客一起干蒸，若无其事地投来微笑的目光，即往热炉添加70℃特有的礼仪岩石，我们仨坐享独特的西方习俗。

上到三楼，场面蔚为壮观。走廊里浴客熙熙攘攘。大厅有上百人在干蒸，小厅有30多人在湿蒸，浴客像海豹，有的盘腿端坐，有的伸长双腿，闭目养神，笑容可掬。

我们买的是不包按摩最便宜的票，老实说，泡温泉我们并不稀奇，着重想实地体验一下历史上那么多名人权贵，特别是马克·吐温的赞美之词，到底有什么奇特之处。

浴场洗浴有17个特色过程，按照阿拉伯数字进行，历程

3～4小时：淋浴3分钟→54℃桑拿15分钟→68℃桑拿5分钟→淋浴1分钟→肥皂刷子按摩8分钟→淋浴1分钟→温泉蒸汽室45℃→温泉蒸汽室48℃（两步骤共计15分钟）→36℃浴池10分钟→34℃漩涡浴池15分钟→28℃治疗浴5分钟→淋浴3分钟→18℃冷水浸浴→热浴巾裹身4分钟→保湿霜护理8分钟→休息室30分钟→阅读室30分钟。

换句话说，第一个步骤是淋浴，然后是桑拿、再桑拿（54℃、68℃），然后再淋浴；如果买34欧的票，步骤4～6就是按摩；步骤7—8是再桑拿（45℃、36℃）；步骤9是泡池子（36℃）；接下来的是步骤10和11（34℃和28℃），这两个池子是男女混浴的。

步骤11中间是一个圆形的池子，抬头上看，古罗马的建筑风格，气势宏伟，非常漂亮，走到左边一侧才是步骤10的池子。步骤12淋浴；步骤13泡比较凉的水（18℃）；步骤14拿被单擦身子；步骤15、16护肤；步骤17是男女在一起喝茶、小憩。

体验背景不同的洗浴文化，外国大多是全家大小一起裸泡，华人呢，我只看到过来自海德堡大学的山东籍留学生男女结伴而来。

大概两种文化都没有对错之分。在中国，浴客到这种地方显得拘谨，这里却是招摇过市。一位海德堡大学海归的老师说，巴登离海德堡很近，同学们都会习以为常结伴去泡澡，整个欧洲特别是法国的尼斯、戛纳全是裸浴。

德国地接此时不在身边，面对白种人无法交流。桑拿浴起源于古罗马，但有人说鼻祖原在中国，后来才传到西方。

传说战国时，赵国国王下令将成千块烧红的铁块投入水池产生大量蒸汽，他率众妻妾在池中嬉戏。又说，忽必烈一次晕倒，仆人把一块石头烧得通红，往石头上泼水，再把石头抬到忽必烈身旁，他沉睡醒来后又挥戈上马。

听德国地接讲，桑拿是芬兰语，指没有窗子的木屋。桑拿浴是一种特殊的洗澡方法，兼有清洁皮肤和治疗疾病两种作用。桑拿分为干蒸和湿蒸。干蒸又称为芬兰浴，湿蒸则称为土耳其浴。中国老板来西欧考察后，将芬兰浴发扬光大。

据说，在高温环境下，桑拿10分钟相当于长跑10公里。通过大量排汗消耗皮下脂肪和脏物，可提高表皮细胞的通透性、活化细胞，有减肥、美容、护肤和延缓衰老的效果，而不断地吸收岩石散发出来的微量元素，还可预防疾病。

反复冷热干蒸冲洗，血管得到不断收缩扩张，还可大量出汗，有利于排掉体内各种垃圾，运动生理学称之为血管体操，有增强血管弹性、预防血管硬化、缓解疼痛、松弛关节的作用。

无论是西学东渐，还是本土制造，桑拿浴被中国民众接受后，一个结合中医人体经络穴位的特色洗浴文化，在中国迅猛发展，成为都市人缓解压力的好方法。伴随对美容、护肤、排毒的良好功效，也成为都市女性的生活最爱。

尽管中国利用巴登招牌的温泉遍地开花，那都是揽客的噱头，延续千年的罗马爱尔兰式，在中国你一辈子也别想体验到。

我们泡了2个多小时，就被领队赶来通知回船。听领队说，弗里德里希浴场像迷宫，找了近20分钟，最后求助前台才找到我们。导游说，中国男女混浴绝对严禁。中国实现两个一百年目标需要30年，但要实现男女裸浴至少要300年。

第三篇　探秘古拉美

行前攻略：

意大利人亚美利哥航海时发现"新大陆"，为了纪念这位发现者，便用亚美利哥的名字称它为亚美利加洲，简称美洲，由南、北美洲大陆组成。北美洲以南的地区，过去曾是拉丁语系西班牙、葡萄牙等国的殖民地，故称为拉丁美洲。

现在北美洲有23个国家13个地区，南美洲有12个国家1个地区，居住着7.63亿不同种族和肤色的人，原住民是印第安人。

曾经活跃在拉美地区的印第安人三个分支：印加文明、玛雅文明、阿兹特克文明突然消失，就是一个谜，全球考古界蜂拥而来，至今没有谜底。

北美洲23国13地区：加拿大、美国、墨西哥、格陵兰（丹）；危地马拉、伯利兹、萨尔瓦多、洪都拉斯、尼加拉瓜、哥斯达黎加、巴拿马、巴哈马、古巴、牙买加、海地、多米尼加、安提瓜和巴布达、圣基茨和尼维斯、多米尼克、圣卢西亚、圣文森特和格林纳丁斯、格林纳达、巴巴多斯、特立尼达和多巴哥；波多黎各（美）、英属维尔京群岛、美属维尔京群岛、安圭拉（英）、蒙特塞拉特（英）、瓜德罗普（法）、马提尼克（法）、安的列斯（荷）、阿鲁巴（荷）、特克斯和凯科斯群岛（英）、开曼群岛（英）、百慕大（英）。

南美洲，12国1地区：哥伦比亚、委内瑞拉、圭亚那、圭亚那（法）、苏里南、厄瓜多尔、秘鲁、玻利维亚、巴西、智利、阿根廷、乌拉圭、巴拉圭。

口水尖之旅——拉美七国行

生活在一个物质极为充裕的世界，就要追求更深层次的生命目的、处世意义以及性灵满足。游山玩水是享受消遣和消费的过程，有意义的旅行就是读山读水读文化，怀揣探源、探奇、探险、探幽、探胜意识，探寻人间极乐境界。

周立波说："没有反思的人生，是没有意义的旅行。我们从地狱到天堂路过人间，不要太在乎结果，好好享受过程吧！许多人为房子耗费一生，终于有一天发现归宿不是房子而是盒子。房子和盒子之间的差价，就是带不走的消费。"

挣钱多不算成功，会花钱才是智慧。龚如心留下40亿家产，结果后人对簿公堂；像魏东等辈以财产70亿自杀告终的老板前后竟有19个；又像刘汉拥有400亿资产，最后败落得判刑丧命的则难计其数。

一、繁忙的曼哈顿背后

2011年11月，我们夫妇一起赴美国和加拿大为主的北美之旅，印象较为深刻的是参观二战期间"曼哈顿计划"所在地。当时外号为胖子的原子弹研究计划诞生在这里。

1931年就已定型的美国纽约市的精彩在曼哈顿。曼哈顿包括整个曼哈顿岛、东河、哈莱姆河与哈得孙河。西临新泽西州和长岛，通过桥梁和隧道等与这些地方相连。

曼哈顿耸立着超过5500栋高楼，是世界上最大的摩天大楼集中区。纽约最重要的商业、金融、保险机构均分布在曼哈顿。世界金融中心华尔街分布在曼哈顿下城。

▲游客赴美国游，都必去的打卡点——华盛顿国会山庄

曼哈顿中城被誉为"世界上最好的地方"，分布着纽约的大企业、商业中心。曼哈顿的游览项目非常多：顶级餐馆、百老汇大街、唐人街、炮台公园商业区及修道院艺术博物馆。

著名的帝国大厦，使该岛中的部分地区成为纽约的CBD。①曼哈顿CBD主要分布在该区内曼哈顿岛上的老城、中城，著名的街区是格林威治街和第五大道。

1785—1790年，纽约为美国国都，首任总统华盛顿于1789年在此就职。曼哈顿街道以数字命名，南北走向称大

▲世界三大瀑布之一——尼亚加拉大瀑布，我们和中国曲棍球教练王兴志一起观看尼亚加拉大瀑布，直观感觉就是"震撼"两字，是去加拿大必游的经典景点之一

---

① CBD指中央商务区，是指一个城市主要商务活动进行的地区。

道，东西走向称街，街又以第五大道为分界再分东街西街。

曼哈顿是世界上最富裕的地区。有一条长仅1.54公里，面积不足1平方公里的华尔街，集中了几十家大银行、保险公司、交易所以及上百家大公司总部和几十万就业人口。

曼哈顿确立了国际城市形象，1979年有277家日本公司、213家英国公司、175家法国公司、80家瑞士公司及许多国家在纽约设立分支机构；美国21%的电话是从纽约打出的。在华盛顿二战纪念碑、林肯纪念堂、山明水秀的杰佛逊纪念堂等景点，团友集体合影留念。

二、多伦多与尼亚加拉

过关入加拿大后，首站来到加拿大国家电视塔，该塔553.33米高，进入十大高塔排行榜。[2]1827年创建的多伦多大学是一所没有围墙的开放式大学，在美洲排名第六，加拿大排名第二。其干细胞、胰岛素、电子显微镜、多点数控为世界首创。论文运用量全球居第六。

从加拿大方向看尼亚加拉大瀑布，更为宏伟壮观，世界各

---

② 详见全球高塔最新排名：1.哈利法塔（又名迪拜塔）828米，2.华尔扎那电视塔（波兰）646.38米，3.东京晴空塔634米，4.美国KVLY电视塔628.8米，5.广州塔600米，6.加拿大国家电视塔553.33米，7.俄罗斯奥斯坦金电视塔540米，8.上海东方明珠468米，9.吉隆坡双子星塔452米，10.德里兰塔435米。

国观光游客络绎不绝。

12月5日住进拉斯维加斯酒店17层，其中第二层是赌城。拉斯维加斯是建造在沙漠中的美国西部内华达州的一座世界闻名的城市，也是美国最大的娱乐城和旅游城。夜游拉斯维加斯可体验美国的奢华、疯狂和纸醉金迷的生活。

第二天，乘车前往拉斯维加斯大峡谷，沿途都是沙漠铁木，这是一种特别耐旱的树种，美国花50年时间治理西部沙漠化。来到大峡谷，游客站在玻璃桥上可俯瞰大峡谷全貌，拉斯维加斯大峡谷被称为"活的地质史教科书"。

拉斯维加斯大峡谷周边至今仍居住着印第安土著人。乘6人座直升机观光峡谷谷底是一大享受，很多人不舍得花197美元，全团只有我们6人认为，机不可失，时不再来。飞机启动，只见峡谷气势磅礴，鬼斧神工，我们感慨万千。

飞机停靠只须一张大床见方的草坪。从直升机下来，接着又乘观光游艇，畅游北美第二大河——科罗拉多河。从深谷环顾仰望四周峡谷，感受见证世界七大奇景之一的拉斯维加斯大峡谷的人生价值。

坐落在美国第二大城市洛杉矶市郊的好莱坞环球影城有三个观光游览区，分别是电影车之旅、影城中心与娱乐中心、奥斯卡颁奖走过的星光大道。

有百年历史、爱迪生曾亲自监督旅馆照明设施安装的、加州最古老的科罗拉多酒店，曾有12位总统莅临开会及度假。英国温莎公爵和中国前国家主席江泽民曾下榻于此。

墨西哥边境小镇蒂娃娜，毒贩猖獗，下车即见；红灯区里小姐扎堆，搔首弄姿；赌场内保安看守，秩序井然，具有逸乐、毫无压力的典型南加州风格。

进入蒂娃娜革命大道上，远远可看到全世界最大的国旗——墨西哥国旗。在蒂娃娜镇偶遇来自中国浙江嘉兴、40岁的沈老板，他早年偷渡到美国，立足后做生意发了，老婆小孩在美国有别墅，现在蒂娃娜做批发生意，发展到整条街。

夏威夷（檀香山）是美国最适宜人居的地区：三无（无地震、无台风、无蛇）；其次是天使之城洛杉矶的科罗拉多岛：三宝（阳光、空气、水质）。之后，我们游览了夏威夷1941年日本偷袭珍珠港的展览馆和被炸的遗骸。

车览夏威夷，导游指着山上的高级住宅区说，靠海边的别墅一栋为600万美元，成龙别墅为1700万美元。著名百岁将军张学良的晚年曾在中间那栋宾馆度过十多年。

钻石山是夏威夷的标志性山脉，游客从这里乘坐长19.8米、宽4米、重72.6吨的世界最大观光潜水艇亚特兰蒂斯潜艇，准备下海底观看水底奇观。潜水艇潜入位于威基基海滩外45.7米深的太平洋海中，透过观景窗观赏。

潜水艇内设汉语、韩语、日语耳机，详细解说海中各种色彩缤纷的热带鱼。在舒适和安全的环境下近距离观赏神秘海底世界：夏威夷海龟和天然珊瑚。由沉船和飞机残骸形成的人工渔礁，真让人哇声一片，一饱眼福。

乘坐"爱之船"在南太平洋海面上观看日落。游客与夏威夷土著跳草裙舞。"爱之船"是一艘大型豪华邮轮，游客们乘船观赏夜景，用餐后与土著互动表演。

三、遥想拉美古文明

2014年3月，广州11位历经沧桑的退休老干部因相同爱好不约而同开启拉丁美洲五国（巴西、阿根廷、智利、墨西哥、古巴）之旅。为圆梦拉美，有的5年前便做足功课，查考图文资料，有的将各旅行社线路的性价比进行对比。

拉美的遥远难在不算时差和转机，空中飞行26个小时，5万多公里，相当于绕地球一圈。就在我们整装待发前夕，有5人退团。

原来3月1日，昆明发生暴恐分子袭击，造成29死143伤的惨案；3月8日，马航失联，239人生死未卜。此行的法航2009年200多人长眠大西洋，新闻媒体轮番轰炸，社会上口水浪尖扑面而来。

怕死是人的本能。但人有三衰六旺一偶然，空难就是偶然，它像买彩票，千万元大奖砸到头上的概率那是百万分之一。为此，剩下的人怀着"对得住天，对得住地，对得住自己"的游戏心态，于3月12日踏着口水浪尖昂首出发。

此行首站里约热内卢，1960年前是巴西首都，有南美门户之称，世界三大天然良港之一。其环境质量和自然山水会让人一见钟情，如果不是亲眼得见，无法相信会有如此美丽的城市。

地接是顺德华人张弓女士，她一早将我们从瓜那巴拉海滩酒店带往瓜那巴拉湾乘船，游览跨海大桥、面包山、二战烈士碑、天梯教堂、可容纳20万观众的世界最大足球场。

下午，登上710米高的耶稣山，观赏世界新七大奇迹之一的里约基督像（1931年建成，高38米，长23米，重1145吨），耶稣张开双臂，像一个巨大十字架，呵护着山下的里约城。

当晚品味享誉全球的特色风味巴西烤肉。晚餐后观赏热情奔放、具有民族风情的桑巴舞表演。

离开巴西飞往墨西哥，我们一下飞机，接待我们团的是广东台山籍地接朱娉娉，她全程陪同墨西哥城、梅里达、坎昆景区的解说都讲粤语。好在我们都是广州人，反而听得有点亲切感，小朱对遗址古城的典故都能信手拈来，滚瓜烂熟。

英国皇家工程院院士、材料科学顶尖专家西拉姆说："人类假如要看到自己的渺小，无须仰望繁星闪烁的苍穹，只要看一看在我们之前就存在过、繁荣过，而且已经灭亡了的古代文化就足够了。"

文化与艺术之都

墨西哥之行的最大看点是阿兹特克和玛雅人文化遗址、火山口遗迹、京城壁画，世界七大奇迹之一的太阳月亮金字塔和世界十大奇观之一的库库尔坎金字塔。据称，墨西哥境内现存700多座玛雅金字塔，400多座印第安金字塔。

墨西哥是世界能源和矿产大国，石油储量居世界第9位，1.2亿人，其中华人移民7万。800万穷人聚居在绵延数公里的山坡上，五颜六色的房子成为墨西哥城一道亮丽的景观，从飞机上俯瞰足可看上5分钟。

墨西哥城是美洲古城之一，色彩鲜艳的壁画占了全国壁画的80%，故又称"壁画之都"（大学城有一幅壁画，3人画了50年）。1821年，墨西哥独立后定为首都，墨西哥城宪法广场的国旗竟有123平方米之大。现城内西班牙殖民时期的宫殿和教堂与独立后的摩天大楼交相辉映。

作为全国文化中心，市区有50多个博物馆，40多个艺术画廊，200多家影院，30多家剧院，600多个图书馆，40多座神庙，还有建于1573年的大教堂、国家宫、宪法广场、三种文化广场、阿兹特克文化神庙遗址等1400多处国家重点保护文物。

墨西哥大学主题公园的国花仙人掌奇形怪状，品种多达上千种。世界七大奇迹之一的太阳月亮神金字塔（1898年发现，1960年开放，1983年申遗）离市中心40公里，位于墨西哥中部古城多提哈罕废墟上，是古印第安人祭祀太阳神的地方，为印第安文明重要遗址。金字塔呈梯形，5层，长225米，宽222米，高66米，约100万立方米。

月亮神金字塔位于特奥蒂瓦坎古城北，是祭祀月亮的地方，比太阳神金字塔晚建200年。5层高，长150米，宽120米，高46米，38万立方米。塔前广场可容纳上万人。蝴蝶宫是古城最华丽的地方，圆柱上刻着极为精致的蝶翅鸟身图样，至今仍色彩鲜艳。

面对如此丰富的旅游资源，若只顾拍照，不听导游解说，不录音整理，很吃亏，那是只有感性、没理性的旅行。

3月19日，墨西哥城有200名以上模特和男女大学生，一丝不挂，光猪跑街，集体裸奔，展示人类最本质的一面，让中国游客看得目瞪口呆。我们恍惚搭上时光机来到石器时代，见到一群原始先民重现墨西哥城！

金融、传媒、科研机构和高校75%都集中在首都。丰富的公共资源和独特的文化氛围，吸引了成千上万的白领、骨干、精英挤占墨西哥城，人口达到2600万，成为继东京之后全球第二特大首都。

墨西哥大学是拉美历史最悠久（1551年创办）、规模最大（36万师生）的大学。这情形极似中国人文生态："白骨精"们都会拼命往首都挤，就在于北京的教育、医疗、经费，对个人发展有一步到位的绝对优势。

导游朱娉娉介绍说，1502年的一天，哥伦布率领西班牙远征队沿洪都拉斯湾航行，与印第安人的巨舟不期而遇。水手指着伯利兹一片茂密丛林说出玛雅的名字，从此著名的拉美三大古代印第安文明之一的玛雅文明得以被发现。

玛雅文明分前古典（前1500—317年）、古典（317—889年）、后古典（889—1697年），其孕育、兴起和发展于今墨西哥南部的尤卡坦半岛与伯利兹、危地马拉、萨尔瓦多、洪都拉斯。它穿越时空进入人们的心中。

玛雅宗教、历法（世界最早发现0的数字）、金字塔羽蛇神庙和象形文字是玛雅文化的精髓。

曾成为全球关注的所谓"世界末日"就出自玛雅预言：

"地球并非人类所有，人类却是属于地球所有。地球已经过四个太阳纪，现是第五纪，每一纪结束都会上演惊心动魄的毁灭剧情。这一天就是2012年12月21日。"

奇琴伊察玛雅金字塔

奇琴伊察坐落在梅里达洲梅里达（位于尤卡坦半岛，从墨城乘飞机到梅里要2小时），意为白色浪漫之都。

从梅里达市区到奇琴伊察车程3个半小时。奇琴伊察为井边之意。玛雅人选择水源为居住地，奇琴伊察有1200口水井。库库尔坎（玛雅语为羽蛇神庙，1839年被发现）玛雅金字塔就隐藏于奇琴伊察的丛林之中。

始建于公元5世纪，11—13世纪达到鼎盛。奇琴伊察曾是古玛雅帝国最大最繁华的城邦，主要古迹有圣井、长175米宽74米的球场、千柱广场、武士庙和石像。

最大建筑是9层91级，四面共365级（对应一年365天和人体365个穴位），至塔顶平台高29米，呈梯形的库库尔坎金字塔和呈蜗形的天文观星台，以及塔顶上的羽蛇神庙。

为了让游客更详细了解玛雅遗址的前世今生，景区还派出玛雅后裔进行讲解。玛雅后裔的人种有点特别，1.5米高，头圆脖子短，讲玛雅语，再由朱导用粤语翻译。

原来在南北长3公里、东西宽2公里的地带上，汇集了676座古城遗址。当地居民在道路两旁摆满了密密麻麻、奇形怪状、形形色色的仿古羽蛇神雕刻。

玛雅后裔在介绍到精确的天文、历法、数学和精致的性爱雕刻时，还神秘地展示经过电脑修复的遗址雕刻图片册和象形文字。

在今天看来，玛雅宗教中用少男少女祭奠羽蛇神和心甘情愿以身殉教又是血腥的、可怕的。这就不难理解当今那些被邪教洗脑、深陷其中的人，何以会上演以身殉教的惨剧。

埃及金字塔呈三角形，是法老的坟墓；玛雅金字塔呈梯形，是举行祭祀和庆典的祭坛。武士神庙两侧林立着高大的羽蛇形石柱，石板路上一半躺着石刻武士，腹部放着一只圆盘，圆盘很可能是在举行人祭时，用来存放人的心脏。

印第安人祭祀用鲜花、牲畜，玛雅人祭奠用少男少女。印第安人崇尚太阳、月亮，玛雅人崇尚羽蛇神（今象形图文有天上鹰，地上豹）。

现玛雅语系仍有300万人散居在犹加敦半岛国家，现居墨西哥的有2万玛雅后裔。政府用旅游方式救助，即门票抽12美元给玛雅人，用于维护遗址内的建筑。

历史的奥义，让人扼腕，让人思量，一切属于遥远过去的遗存听上去有些罗曼蒂克。城市也许可以无数次地被毁灭，但随城市文明生成的语言、艺术和伟大思想则永远不会消失。

正如玛雅文化的发现者斯蒂芬斯所言："每一个终点就是一个起点，当

▲神奇的奇琴伊察玛雅金字塔

玛雅人神秘消失的时候，这个奇特的玛雅却在后人心中刻下烙印。"

玛雅文明城邦绘画、雕刻、鹰豹台、信使、宫殿、足球场、英雄塔、水井遗址、金字塔羽蛇神庙（春分和秋分两天下午出现的蛇影）、天文观象台的设计和尺寸（台阶和阶梯平台的数目分别代表一年的天数和月数，52块雕图石板象征玛雅历法中52年一轮回）都可一观。

10世纪末，玛雅人遗弃繁华的奇琴伊察，迁都深山老林的玛雅潘以及玛雅文明神秘消失，特别令人销魂着魔，面对众多的未知，它有谜面没有谜底。

考古界做过无数推测：外侵？气候？疾病？虫祸？地震？外星人？宗教斗争？社会暴变？过度使用土地？最终没有一个令人信服的原因能解释玛雅文明的"突然灭亡"。

由此，吸引世界游客追寻探秘的脚步经久不息，包括2013年，习近平夫妇曾由墨西哥总统陪同参观奇琴伊察，足见奇琴伊察在全球人民心目中的重要位置。

图伦——保存最好的玛雅古城废墟

坎昆，位于加勒比海西北。城市三面环海，风光旖旎，明媚的阳光，清澈的海水，大片珊瑚礁和白沙海滩构成加勒比海明珠和度假天堂。

原是仅数十户人家的小渔村，因岛上有奇琴伊察、图伦和玛雅古城遗址，20世纪70年代，墨西哥政府将21公里长、

400米宽的堤道连通市区，开辟成国际旅游度假中心。

60平方公里的坎昆迅速发展成为墨西哥新兴国际旅游城市，其世界名气、城市规模和市容特色的大气丝毫不亚于迪拜，吸引世界各地富商和源源不断的游客前来度假观光。

坎昆玛雅、古城图伦，是墨西哥保存得最好的玛雅和托尔特克人的古城废墟。古城三面环山，建于公元8世纪，公元16世纪被西班牙人入侵。

2005年，一次猛烈的飓风将这片原始森林刮倒，方圆32.5万平方公里的远古城邦遗址始被世人发现。古城东南西北的14世纪城邦、南神殿、命子宫、鸽子宫、总督宫、阅兵台、夏神殿等古典建筑，成为美洲文明建筑艺术的代表。

3月19日，观墨西哥裸奔习俗（男女裸体上街），3月23日（春分）下午，奇琴伊察观星台显蛇影。

当我们站在世界十大奇观之一——奇琴伊察玛雅文明遗址，仰望巍峨的金字塔，仿佛见证了历史兴衰，世事更替，不禁想起那首"尔曹身与名俱灭，不废江河万古流"的千古诗篇。

17世纪西班牙人发现于危地马拉和20世纪70年代美国科学家发现于秘鲁、厄瓜多尔的远古环球地下隧道（列入世界遗产名录），现为印第安部落古代玛雅后裔把守。

隧道离地面250米深，穿越大西洋底，连接欧、亚、美、非，仅在秘鲁、厄瓜多尔和阿塞拜疆境内便有数百公里长，为目前全球最长、最宏大的工程。不知何年开发景点和线路，我们期待着先睹为快。

感受《美丽的哈瓦那》

哈瓦那，意即好地方，享有加勒比海明珠的美誉。它分东西新老城区。老城区许多古建筑仍保留西班牙风格，1982年被列入世界文化遗产名录，包括1721年9月21日建成的哈瓦那大学。

1902年以前，古巴是西班牙殖民地；1902年到1959年是美国殖民地。40年前《美丽的哈瓦那》曾风靡中国，亲临哈瓦那发现，新市区市容也就相当于中国发达地区的县城！

哈瓦那市区值得一看的是世界最大的热带植物园：6平方公里，集全球4000多种树种，什么世界稀有的兰花"皇后之靴"等应有尽有。还有一睹为快的是海明威故居。美国作家海明威在哈瓦那生活了21年，他创作的《老人与海》获得诺贝尔文学奖后，奠定了他在国际文学史中的地位。

糖、烟、酒和旅游业是古巴的主要收入来源。接下来我们参观了雪茄厂、朗姆名酒俱乐部和榨糖博物馆。雪茄工人待遇最好，上班可以任抽雪茄，每天可将3条27美元的雪茄带回家当奖金，抽不完的向游客兜售。

其次是公安、教师月薪较高，有30美元。公务员虽然月薪最低，只有20美元，但他们仍然很依恋公务员身份，决不会为了拿高工资离开编制，去雪茄厂当工人。

古巴是当今世界仅存的5个社会主义国家（中国、朝鲜、古巴、越南、老挝）之一。而今各国的社会主义各有特色。

如果说，中国的社会主义是中国特色的市场经济；越南、老挝的社会主义是坚持集体化道路，朝鲜是集体开工，吃饭凭粮票的计划经济；那么，古巴的社会主义是实行供给制，住房、看病、上学免费。1993年起，政府对农业、国企财税、外汇、外资做了一些变革，也可以买卖房子。

我的实地考察直观印象，古巴民众生活不富裕，吃住都较差，但看上去很安分、幸福，或说这得益于古巴人更信天主教、非洲教、新教和古巴教。

在古巴（乃至整个拉美和欧美）男女相见第一个动作，就是搂着亲吻并发出啐啐响声；在旅游点，老外见到陌生游客拍照无助，都会热情过去为他们抓拍，并大方地凑过来揽着肩膀亲昵地合影。

没有思考的旅行是没有意义的出游，不长见识的出游等于白花钱。此前有人问我，你跑了不少国家，哪些国家好玩？

我说，各有千秋。拉美国家，除了原始恢宏、震撼心灵的山水、瀑布、大海和千奇百怪的动植物世界，更多的是浑然天成的历史文化建筑，没有人工雕琢痕迹的千古奇观和比比皆是的古遗址、金字塔、教堂、碑刻、壁画、雕像。

巴西是桑巴故乡，阿根廷是探戈发源地，墨西哥是牛仔和恰恰盛行地，古巴是伦巴的原创地。

真正有价值的人生之旅不在于拥有权势和金钱，而在于拥有精神、智慧和道德力量。蓝天、碧水、阳光、空气、沙滩、海风、雨林；浪漫的气息、销魂的异国情调，都是健康长寿的元素，世人追求的理想目标。

四、人间"自然博物馆"

地球之肺和世界动植物王国

有人说，世界上最神秘的地方只有两处：一处是深海海底，另一处就是丛林：流淌其中的亚马孙河，叫不出名字的奇异生物，出没无常的原始居民。

巴西是全球唯一得到联合国专项经费保护亚马孙热带雨林的国家。亚马孙热带雨林位于亚马孙盆地，占地700万平方公里。雨林横跨巴西、哥伦比亚、秘鲁、委内瑞拉、厄瓜多尔、玻利维亚、圭亚那和苏里南等8个国家。

▲巴西亚马孙河里的黑白交汇奇观

巴西占了世界雨林面积的60%。热带雨林内有香桃木、月桂、黄檀木、合金欢、雪松，美洲虎、海牛、红鹿、水豚等上万种动植物，故又称"地球之肺"和"世界动植物王园"。

玛瑙斯被誉为亚马孙心脏和森林之城，是亚马孙河州的首府，位于亚马孙河中游。地接是江西籍熊娟，大学毕业即来玛瑙斯。她的讲解为我们解开了亚马孙河的种种谜团。

亚马逊河全长6880公里，由发源于秘鲁安第斯山的索利芒斯河（白河），与发源于哥伦比亚的内格罗河（黑河）在玛瑙斯形成黑白交汇的奇特景观。

亚马孙河流域面积达690万平方公里，由1000多条小河汇成恢宏浩渺的河面，最宽达300公里，最窄为3.6公里，平均深度为85米，流量世界第一，以每秒18.4万立方米的水量向大西洋排放。

亚马孙森林里居住着200多个原始部落，其中印第安人部落64个，8.7万人。他们有语言没文字，没有家庭观念，过着群居生活，以打猎为生，很少接触外界，怕见陌生人。亚马孙森林里有种毒蚂蚁，咬人后24小时会致人死亡。

亚马孙森林里有食人族、食人花、食人鱼。一旦落入食人族手里就会成为它们的食物。触摸食人花会将人缠裹至死。皮肤被树枝划破，血腥味会引来众多食人鱼，将活生生的人吞噬掉，因而亚马孙森林又有"绿色地狱"和探险家"生死之旅"之称。

智能与艺术的巴西利亚城

多数旅行社线路都不去首都巴西利亚，故对于北京籍的巴西利亚地接周炜的介绍，大家听起来神情特别专注。

巴西利亚于1960年建成，坐落在海拔1158米的高原上，由新区、老区和人工住宅区组成，是融合"智能与艺术"的卫星城市建筑。

新区建成飞机形状：机头是三权广场（总统府、最高法院、国会大厦），机身为长6公里、宽250米的东西向主干道，前舱是各部大厦、广场和教堂，后舱是电视塔、文教区，机尾是首都服务部门，机翼是人工湖和八字形展开的立交路。

巴西是全球反腐形势最严峻的国家之一。国际足联要求世界杯主办者要有8座比赛场地。巴西决定建12座，但多数赛场工程遭遇严重工期延误，就在于每项工程背后都有一条隐藏很深很长的官商勾结的利益链。

在印第安人博物馆，看到印第安人兴衰史和生存现状的视频。原来，拉美国家除巴西曾是葡萄牙殖民地，圭亚那为法属，阿根廷、智利、墨西哥和古巴等都曾是西班牙殖民地。

桑巴舞、狂欢节和足球是巴西的象征。现巴西综合实力居南美首位，铀储量居世界第三，铌储量够全球用800年，咖啡、甘蔗产量居世界第一，牛肉产量居世界第一，猪存栏量居世界第三。

巴西200年没有战乱。二战后60年代，日本实施战略移民，仅巴西就有20万人。如今，当年像弃儿的移民新生代除教育和生活方式依旧，生活过得比日本还精彩。

"自然博物馆"伊瓜苏大瀑布

公元1547年，一位西班牙传教士在巴拉那河热带雨林中，意外发现一处层层叠叠的瀑布，环绕一个马蹄形峡谷，咆哮着如同大海泻入深渊，巨雷般的轰鸣声震撼25公里之外，从此世界最宽的伊瓜苏瀑布惊现于世。

伊瓜苏，土著语为大水之意，平均落差82米，宽4公里。

1939年，当地政府围绕瀑布开发出世界上最珍贵的"自然博物馆"伊瓜苏国家公园。1984年，被列入世界遗产名录。

导游告诉我们，像这样人山人海，络绎不绝的火爆场景，常年如此，不分旺季淡季。我们好不容易等来一辆双层大巴，瞬间就坐满游客，风驰电掣般往大瀑布景点驶去。沿途是树木葱茏、灌木丛密不透风的原始热带雨林。

大约过了20分钟，忽然前面传来一声声尖叫：大瀑布到了！欢呼声和瀑布群发出的哗啦啦轰鸣声响成一片。游客们跳下车，一字儿排开凭栏远眺，一个个被眼前气势磅礴的景象惊呆了。

导游不断提醒我们变换位置和角度，说非常角度会改变独特的视觉。张导很专业地提示我们，摄影大师是不讲究器材

▲位于阿根廷的世界三大瀑布之一——伊瓜苏大瀑布

的，不断换用镜头并不意味一个人摄影水平的高超，关键时刻，轻便的手机同样可以拍摄出好作品。

我们从不同角度不停地拍摄录像，沿着蜿蜒小路移步换形，十步一景。来到水上栈桥，置身于万马奔腾般的"魔鬼咽喉"瀑布之下，欣赏惊心动魄的天然景观，真是"此景只应天上有，人间难得几回看"！

可惜天公不作美，天空下起倾盆大雨。驴友却这样揶揄：坏天气和背光是为优秀摄影家做准备。世界三大瀑布蔚为壮观，令人叹为观止的首数伊瓜苏大瀑布，它跨越巴西、阿根廷，由275个瀑布组成伊瓜苏瀑布群。

地接是中国台湾移民张地。他说，巴西和阿根廷以伊瓜苏大瀑布为界，阿根廷那边是从上往下看，九股水流咆哮而下。巴西这边是抬头往上看，飞流自天而降，宏伟壮观。

调动"乾坤万里眼，时序百年心"，巴西这边不仅可以欣赏阿根廷那边的全景，还可乘船穿过瀑布，让人刹那间仿佛穿越时光隧道进入另一空间，有时光恍惚又像永恒的错觉，感觉自己的渺小，大自然的力量。

伊瓜苏园内有逾2000种植物和当地特有的美洲豹、虎猫、豹猫，长尾狸、黄鼠狼三五成群穿行在游客脚边，争食、打斗、嬉戏。聪明和傻的区别在于对人类文明的理解与态度。景区虽然收费，常年仍火爆异常。

"南美巴黎"布宜诺斯艾利斯

布宜诺斯艾利斯，即好空气的意思。这是一座有400多年历史的古城，是拉美第三大城市，享有"南美巴黎"盛名。靠近拉普拉塔河的三区多古建筑精华，有建于1580年的玫瑰宫，有建于1889年世界第三的科隆大剧院。

创建于1821年的布宜诺斯艾利斯大学，拥有28万师生、10座博物馆、13所图书馆，有3位学生和教授获诺贝尔奖。其中包括对中国《黄帝内经》和扁鹊《伤寒论》的基础研究，拿到诺贝尔奖。

在建于1936年的七九大道（144米宽、22车道）上，依次有科隆剧院、独立纪念碑、国会广场、大教堂、总统府、玫瑰园、贝隆夫人墓碑、贵族公墓，一路都是标志性景观。

旅游拍摄有两种流派：一种认为，拍景是一门艺术，好作品可以参展获奖有成就感；另一种认为拍景再好再美也拍不过明信片，景中有人才证明你已到此一游。

在探戈源发小道、新港、女人桥景点，有人忙于拍风景，多数人争相拍留影。

广州籍阿根廷地接刘穗提醒，这里的人有三慢一快：傲慢（走路昂首挺胸旁若无人）、散漫（5+5是多少会想半天）、浪漫（男女接吻比比皆是）；飙车撞死人也不用坐牢（要注意安全）。

"南美威尼斯"老虎洲

阿根廷有56个民族，全民信教，98%为欧洲移民后裔，2%为印欧混血。工业居南美前列，石油、银矿丰富，拥有三座核发电站，飞机制造业已打入国际市场。农牧业发达，素有

"世界粮仓和肉库"之称。

阿根廷旅游资源十分丰富。火地岛、冰川国家公园和伊瓜苏大瀑布，还有被誉为"南美威尼斯"的老虎洲，每年慕名前来游览观赏的游客络绎不绝。

老虎洲位于布宜省，是由巴拉那河和乌拉圭流入阿境内的银河而形成的三角洲区域，共有220平方公里。与意大利乘凤尾舟游威尼斯水城，穿街进巷所见都是古老建筑不同，游老虎洲则要乘游艇观赏沿岸丰富多彩的自然风光。

我们坐在船的前座，处处可见一河两岸亚热带五彩缤纷的树木和集市、码头、餐厅、旅馆、水上俱乐部、富人度假区，别墅遍布各岛，河湾港汊充满游艇。

放慢脚步到人间仙境放松身心，休养生息，享受生活的过程而不在乎生活的结果。这是阿根廷乃至整个拉美国民的人生观：周末，全城市民彻底休息，万人空巷到森林公园洗肺或跨境到海边度假的小车状如蚂蚁搬家。

这里作为探戈的发源地和风靡世界的足球之都，与休养生息的理念息息相关。探戈原是码头工人与妓女们跳的低俗舞，后被一位法国人带到欧洲，从此成为阿根廷的国粹而发扬光大。

阿根廷的教堂多且精心保护，不让游客拍照。因此有人认为，拉美古文物多且保存完整，源于他们信奉天主教、基督教。他们与东正教、伊斯兰教、佛教都主张"诸恶莫作，众善奉行"，都信奉"生是偶然，钱财是身外之物"。

在乌斯怀亚市，导游讲述了1982年马岛战争的故事。其结局是军队规模较小的英国击败武装部队规模大得多的阿根廷。它印证了拿破仑那句话："世间有两种利器：信仰和利剑。短期内，利剑可能凌驾信仰之上，耀武扬威；从长远看，信仰必将打败利剑。"

天堂谷地和复活岛摩艾像

智利是狭长的国家（南北长4300公里，东西宽362公里）和高级别地震带。上午，北京籍地接晁小勇带我们参观了海滩、海豹岛、黑白火山岩，车览水天一色、海鸥翔集的太平洋风光。

途中经过有"海洋葡萄园"美誉的一望无边的大片葡萄园。原来智利盛产红酒，为确保大片葡萄生产基地不受外来物种侵袭，海关检查相当严苛，所有干果一旦被发现统统没收。

华巴拿索是智利第二大城市，150万人口。该市为1536年被西班牙探险队发现，由海湾和山丘组成，人称太平洋天堂谷地。站在港口远望，可见湾畔景色如画。中午，我们在上海人办的海滨餐馆品尝旅游公司赠送的海鲜大餐。

复活节岛源于1722年4月5日复活节，由荷兰航海家发现小岛故名，人称"地球肚脐"。小岛四周耸立近千尊用火山岩雕成的巨大半身毛阿依斯人像，其神秘的成因吸引众多游客和研究者。

智利国家虽小，教育高度发达，成立于1843年的智利大学，在拉美地区乃至全世界都较有名望。

第四篇　探胜黑非洲部落

行前攻略：

非洲，别称黑非洲，热带大陆，高原大陆，是世界第二大洲，它状如一个不等边三角形，地中海、红海、印度洋、大西洋围绕四周，在这片面积达3029平方公里的土地上，53个国

▲文化是旅游的灵魂。在北非突尼斯骑马游走一望无际的撒哈拉沙漠，因是自费项目，一个团20多人，只有我们3人参加。在另一个团，也有一个自费项目，每人只需50元人民币，参观一个部落，一个很有号召力的人说不去，结果全团都听他的话放弃参观，留下遗憾

家6个地区、7亿不同肤色的居民在此繁衍生息，铸就了非洲文明。

这块年轻的大陆，是人类的发源地，更是野生动物的天堂。众多野生动物和壮美的自然景观，形成一幅幅动人的画卷，向世人展现着生命的魅力。

北非6国2地区：埃及、利比亚、苏丹、突尼斯、阿尔及利亚、摩洛哥、亚速尔群岛（葡）、马德拉群岛（葡）。

东非10国：埃塞俄比亚、厄立特里亚、索马里、吉布提、肯尼亚、坦桑尼亚、乌干达、卢旺达、布隆迪、塞舌尔。

中非8国：乍得、中非、喀麦隆、赤道几内亚、加蓬、刚果（布）、刚果（金）、圣多美及普林西比。

西非15国2地区：毛里塔尼亚、西撒哈拉（未独立）、塞内加尔、冈比亚、马里、布基纳法索、几内亚、几内亚比绍、佛得角、塞拉利昂、利比里亚、科特迪瓦、加纳、多哥、贝宁、尼日尔、加那利群岛（西）。

南非13国2地区：赞比亚、安哥拉、津巴布韦、马拉维、莫桑比克、博茨瓦纳、纳米比亚、南非、斯威士兰、莱索托、马达加斯加、科摩罗、毛里求斯、留尼汪（法）、圣赫勒拿（英）。

一、金字塔之谜

我两次去埃及旅游，前次是深度旅游，这次是中转，旅行社赠送的行程。进入埃及，所有的常规线路都必定去参观埃及博物馆，观看金字塔、狮身人面像（又译为"斯芬克斯"）。

金字塔、狮身人面像，是埃及的象征，千古以来人们都把它当神一样瞻仰。狮身人面像坐落在开罗西南的吉萨大金字塔近旁，是埃及著名古迹。像高21米，长57米，耳朵就有2米长。

除了前伸达15米的狮爪是用大石块镶砌外，整座像是在一块含有贝壳之类杂质的巨石上雕成。面部是以古埃及第四王朝法老（即国王）哈夫拉为原型。

相传公元前2611年，哈夫拉到此巡视自己的陵墓——哈夫拉金字塔工程时，吩咐为自己雕凿石像。工匠别出心裁地雕凿了一头狮身，而以这位法老的面像作为狮子的脸。

在古埃及，狮子是力量的象征，狮身人面像实际上是古埃及法老的写照。雕像坐西向东，蹲伏在哈夫拉的陵墓旁。由于它状如希腊神话中的人面怪物斯芬克斯，西方人因此以"斯芬克斯"称呼它。

原来的狮身人面像头戴皇冠，额套圣蛇浮雕，颏留长须，脖围项圈。经过几千年来风吹雨打和沙土掩埋，皇冠、项圈不见踪影。圣蛇浮雕于1818年被英籍意大利人卡菲里亚在雕像下掘出，献给了英国大不列颠博物馆。

胡子脱落，四分五裂，埃及博物馆存有两块，大不列颠博物馆存有一块（现已归还埃及）。像的鼻部已缺损了一大块，据说是拿破仑士兵侵略埃及时打掉的，实为讹传，它是被朝圣游客——中世纪伊斯兰苏菲派教徒砸掉的。

历经4000多年的狮身人面像，现已痼疾缠身，千疮百孔，颈部、胸部腐蚀得尤其厉害。1981年10月，石像左后腿塌方，形成一个2米宽3米长的大窟窿。1988年2月，石像右肩上掉下两块巨石，其中一块重达2000公斤。

文化底蕴较深的导游总爱让游客猜谜，说狮身人坐在路上拦住过路人要他们猜一物："早上四条腿，中午两条腿，晚上三条腿。"猜对了，他就跳下山崖去。结果有人猜到是人。狮身人真的跳下去，将鼻子碰崩了一角。

二、好望角沉思

去南非旅游，除了去桌山公园、国家动物公园、首都比勒陀利亚，必定要去距开普敦52公里的开普半岛南端、大西洋与太平洋交界的好望角。

好望角，最初被称为"风暴角"，是美好希望的海角之意，从此通往富庶的东方航道有望，故改称好望角，1939年这里成为自然保护区。

1487年8月，葡萄牙航海家迪亚斯奉葡萄牙国王之命，率两艘轻快帆船和一艘运输船自里斯本出发，再次踏上远征的航路。他的使命是探索绕过非洲大陆最南端通往印度的航路。

迪亚斯率领的船队首先沿着以往航海家们走过的航路到达加纳的埃尔米纳，后经过刚果河口和克罗斯角，约在1488年1月间抵达现属纳米比亚的卢得瑞次。船队在那里遇到了强烈的风暴。

为疾病和风暴所苦的船员多数不愿继续冒险前行，数次请求返航。迪亚斯力排众议，坚持南行。船队被风暴裹挟着在大洋中漂泊了13个昼夜，不知不觉间已经绕过了好望角。

1488年2月间，船队终于驶入一个植被丰富的海湾。船员们还看到土著黑人正在那里放牧牛羊，迪亚斯遂将那里命名为牧人湾（即今南非东部海岸的莫塞尔湾）。

迪亚斯本想继续沿海岸线东行，无奈疲惫不堪的船员们归心似箭，迪亚斯只好下令返航。在返航途中，他们再次经过好望角时正值晴天丽日。

葡萄牙历史学家巴若斯在描写这一激动人心的时刻时写道："船员们惊异地凝望着这个隐藏了多少世纪的壮美的岬

▲津巴布韦和赞比亚之间的维多利亚大瀑布，和美国尼亚加拉、阿根廷伊瓜苏总称世界三大瀑布

角。他们不仅发现了一个突兀的海角，而且发现了一个新的世界。"感慨万千的迪亚斯据其经历将其命名为"风暴角"。

南非的好望角及其邻近海域一直是印度洋与大西洋互通的航道要冲。随着大吨位散货船、液货船的日益投入，这里的通航密度正日趋增加。

这与好望角所处的地理位置有很大关系。在南半球中纬度地带只有非洲的好望角、南美洲的合恩角，以及澳大利亚南部沿岸和新西兰的南岛，这里终年西风劲吹，风暴频繁。

三、"伏击"非洲五霸

旅游是一门兴趣科学。人为了什么而活着？我的答案是：放开眼界看世界，人生处处有青山，就是按照自己喜欢的方式，信马由缰。

不是吗？有人终生在追名逐利，觉得活得很快乐；有人毕生沉浸在灯红酒绿麻将台，觉得活着很精彩；有人脚步都在旅途中，觉得蛮幸福，更多人在日复一日平凡中苟且一生，同样活得有滋有味。

历史云遮雾罩，波谲云诡。严格地说，所有固态物，你离开世界了就不属于你，唯有花了的钱才是属于

▲非洲五霸之一——犀牛

你自己的。更值得斤斤计较的是时间，时不我待，潇洒游世界，才是一个具有普世价值观的人的人生最高境界。

长期以来，我养成一个习惯，出行前都要依据行程做功课，查景点；旅途中或回来后都要写游记、做美篇，既能巩固印象，又可压缩在纸质相册空间。将以往每条线路的相册精选50张整理成美篇，将链接复制在游记后面统一保存。

▲在博茨瓦纳奥卡万戈三角洲"伏击"漫山遍野的非洲五霸

旅游，看似一件很简单的事，其实是一门兴趣科学。能吃能吃，想走就走，了无牵挂，没有后顾之忧，拖到腰酸背痛还能去旅游吗？

老远去东非联游看什么？可谓见仁见智。旅游重在体验过程，感受获得感和幸福感，让心境得到洗礼。其次，才是四个国家的共性，看动物世界。

去博茨瓦纳、肯尼亚"伏击"非洲"五霸"（狮子、大象、花豹、犀牛、水牛），去津巴布韦和赞比亚看瀑布，我们去的季节恰是处于看瀑布和迁徙最壮观的季节之间，看动物迁徙阵容最佳在8月底，鱼翅和熊掌两者不可兼得。

我将全程的主要景点精选图片，配以游记，制作成美篇《部落世界叹稀奇》发到群里，每天同步更新，截至6月12日阅读量达到1034。可见，亲临其境与图片书本资料是两个概念，更重要的是加深了对未来人生的理解。

在马拉河畔"伏击"狮子

千里迢迢去肯尼亚，只为看马拉河动物大迁徙。一望无际的非洲大草原几乎每天都上演着猎杀，马拉河畔最为惊心动魄。大迁徙期间，角马与鳄鱼之间更是上演惨烈的生死搏斗，被誉为"天堂之渡"。

马拉河发源于肯尼亚西面的茅悬崖，流经马赛马拉自然保护区来到坦桑尼亚，最后流入维多利亚湖。这是整个马赛马拉水草最为丰美的地方，聚集着大量的食草动物。

▲我们一行15人在赞比亚马拉河畔大草原上，坐在车里静悄悄观察正在繁衍的狮子

然而宁静唯美的背后，处处隐藏着致命的危机。角马跨越马拉河的时候，岸边尘土飞扬，潜伏在岸边的鳄鱼，躲藏在林间的猎豹都在伺机而动，等待着猎物的疏忽。

最出名的要数每年的7月和8月，动物大迁徙之际，无数游客坐在四驱车或者面包车内，守在马拉河边，期待动物世界里角马过河的大场面。但是真正能够看到角马过河的只有少数的极其幸运的游客，或者长期驻守的摄影爱好者。

▲赤道，地球的腰带，经过地球11个国家［加蓬、刚果（金）、刚果（布）、乌干达、肯尼亚、索马里、马尔代夫、印尼、厄瓜多尔、哥伦比亚和巴西］，我们在肯尼亚的赤道线上，观看当地人表演赤道的神奇：他们放两个水桶，水流的方向不是顺时针，也不是逆时针，而是没有漩涡地直接往下，把鸡蛋放在地上，竟然能够立起来。站在赤道上，人的力气立马变小

动物大迁徙之际，马拉河畔的草地上会聚集大量的角马、斑马和各种羚羊等食草动物，这同样是不可多得的视觉盛宴。动物大迁徙最经典的画面就是万千角马横渡马拉河。除了角马以外，数量大的还有斑马群。

除此之外，马拉河畔依然是观看河马与尼罗河鳄鱼的好地

方，而且它们是这里的定居居民，不受季节影响，不管是在马拉河畔的哪一个观景点上，一年四季都可以在马拉河找到河马的身影。

去津巴布韦，都是冲着维多利亚瀑布而去。瀑布位于赞比亚与津巴布韦之间，宽1700多米，最高108米，比尼亚加拉瀑布大一倍，是探险家李文斯敦于1855年发现，并以英国女王的名字命名。1989年被列入世界遗产名录。

我们来到雷鸣般的魔鬼瀑布，烈日当空，水雾中映出光彩夺目的彩虹，景色十分迷人。据说当地部族东加人每年在瀑布旁举行雨祭，将黑色公牛扔入峡底祭奠河神。

我们甘于过平静的生活，是相信"一饮一啄，莫非前定"。面对财富权势人物的起伏跌宕，面对100万10年不花后的贬值，倒不如去实现勇登地球三极的崇高梦想，不玩白不玩。

四、远去的红泥人

在我的旅游规划里，有一种叫作抢救性出行。世界六大文明世界，都残存濒危的人类部落，纳米比亚红泥人就是一种。红泥人主要指辛巴族女人，是行将消失的原始族群。旅行社为我们定制专看非洲地区的特色风情。

2016年8月5日，我们走在纳米比亚首都温得和克街头，看见很多红泥人利用游客好奇的心理，游客给上一美元，就可以和客人摆姿势浪漫照相。

那天，我们跟着导游直奔离首都温得和克1000多公里的红泥人部落，一路上听导游介绍。17世纪，辛巴族从安哥拉迁至纳米比亚，成为非洲最富庶和强大的游牧民族之一。后遭南方部落的骚扰和劫掠，现只剩两万人左右。

辛巴女子喜好衣不蔽体，首次月经之后就可出嫁。当从女孩变成女人时，会把原来往前梳的发辫换成垂直下来的发辫，在头顶上系上皮制发冠。她们性观念开放，未婚也能有情人和生孩子，只是婚前的孩子归属她的父系家庭。

结婚时，男方要给女方以牛做聘礼。牛要高大威猛，黑色，牛尾能够沾到地，如果女方家不满意牛的外形，这门亲就无法缔结。

我们听着，就像穿越时光隧道，从文明社会，一下子回到了刀耕火种的远古旧石器时代。我们听得入了神，忘却一路风尘，不知不觉来到目的地。

偏居世界一隅的辛巴人对现代社会一无所知，对我们的到访看似好奇。导游说，因为当地的水质或遗传基因的缘故，很多男孩15岁前就夭折，致男女比例1：11，男子都娶三四个妻子来保证繁衍，即使这样，辛巴人口仍在锐减。

辛巴族人一切都保留着500年前的生活习俗。一个家族为一个部落，头领由年长的女性担任。白天，男人外出打猎，女人在家操持家务。饮食就是玉米糊糊，只有节日或是婚丧嫁娶才杀牛宰羊。

下午，我们去了一个女酋长的部落。红泥人上身赤裸，见我们到来立即跳起欢快的舞蹈，表现出酥胸荡漾、激情奔放的动作。当看到同行者的相机正瞄准一女子挽着同行的老刘作秀的动作闪拍时，我赶快闪开，毕竟文化观念有差别。

这里干旱少雨，昼夜温差极大，女人无法经常洗澡。辛巴女人想出一个妙招：在身上抹上一种特制的红泥。红泥类似护肤品，混合赭石粉、羊脂和香料制成。

女人用红泥涂满脸和全身，连头发都不放过。可以抵御寒冷，还能防止蚊虫叮咬。除了结婚前夜，涂上红泥的女人一般不随便洗澡。

她们如何清洁身体，让男人亲近而闻不到异味呢？导游领着我们一行人走进土制的屋子，墙上挂着几块布，地上放着一张皮垫，原来她们就坐在皮垫上，拿出一个草编的香炉放上香料，点燃后，香炉中很快冒出一股带着香味的白烟。

她们将香炉放在两腿之间进行熏蒸，又将一大块布盖在香炉和腿上保温。说这种方式不仅可以清洁身体，还可以增加玫瑰体香，使她们更有魅力。

辛巴女子不着衣服，但喜爱佩戴装饰，脖颈上套着红泥做的项圈，腰上配着风格各异的腰带，脚踝上箍着几十个金属的装饰圈，一身精干的装束更衬得年轻的姑娘亭亭玉立。

辛巴人已学会如何去习惯和应对现代社会。或许，辛巴族传统社会结构渐将式微，他们的生活状态终会改变，但属于族群的原始内核，将会代代延续。随着旅游升温的冲击，不少辛巴人的村落都沦为旅游景点。

导游介绍说，伴随人类的文明进化，现在一些年轻貌美的辛巴族姑娘已经去大城市谋生。目前世界上仍保留以裸露为美的原始部落女性的只剩巴新、瓦努阿图、纳米比亚、乌干达、肯尼亚、埃塞俄比亚、巴西等少数几个国家。

有专家分析，未来数十年，辛巴人面临灭绝的危险，世界闻名的以裸露为特有美丽的红泥人，在现代经济的冲击下，也必将荡然无存。这种现象是喜，还是忧？

五、天堂岛国东非游

东非四岛国，又称"香草四岛"（毛里求斯、塞舌尔、马达加斯加、法属留尼汪）之旅，我是以独特的视觉，凭借四岛山水风光和金色海滩的异国情调，寻求文化灵魂和人生真谛，唤醒五感。

四岛的亮点是：毛求的鹿岛被著名国际旅行家马克·吐温赞美说："这里是天堂的原乡，天堂是一定按照毛里求斯的样子建造的。"塞舌尔的普拉兰岛有"人间天堂"的美称，马国的变色龙、面包树，留尼汪的活火山和月球地貌无不引人入胜。

为印证天堂原乡之说，探访被誉为欧洲后花园的度假胜地，2019年11月，我们踏上为期18天的天堂之旅。

这是一条令人心跳加速的行程，又是一次毫不犹豫、说走就走的行程。时隔四年，回忆天堂原乡之旅，字里行间仍按捺不住内心的激动，沉醉在那海、那水、那山！如果时光能够倒流，我还要再走一回。

游客群里，不少曾是官场、科场、商场、战场的官员。教授、老板，高龄退休者居多，来到邮轮上都只有一个标签：游客。花几万到国外，目的是了却人生心愿，看别国才有、中国所无的变色龙、绿壁虎、人体器官树等世界稀奇。

天堂原乡毛里求斯

我们第一站从香港飞往毛里求斯。地接导游李丽，原籍福建漳州，毕业于厦门大学。耳闻为虚，眼见为实。到了毛里求斯，果然地貌千姿百态，有深邃的陆地、起伏绵延的原始森林，有让人心醉的蓝天碧海、精彩绝伦的阳光沙滩。

▲位于天堂原乡的毛里求斯七彩土旁的瀑布

乘车进入鹿岛，这里真是一个梦幻般的天堂：丽日蓝天、玻璃般的海水、乳白的沙滩……天堂里有的，这里都应有尽有。毛里求斯年平均气温25摄氏度。是夏天避暑、冬天避寒的最佳选择，是举世公认的一个去了就会爱上的地方。

我习惯一边车览，一边录听导游介绍：毛里求斯为非洲东部火山岛国，位于印度洋西南方，距马达加斯加约800公里，与非洲大陆相距2200公里。她展示地图，毛里求斯四周被珊瑚礁环绕，面积2040平方公里，人口115万。

毛里求斯经历荷兰、法国和英国殖民统治，于1968年3月独立，是非洲三个人类发展指数高级别的国家之一。印度和巴基斯坦后裔占67%，克里奥尔人占29%，华裔华侨约3万人，欧洲居民1.5万人。官方语言为英语。

1598年荷兰殖民者进驻此岛，以王子莫里斯之名命为毛里求斯。1639年荷兰东印度公司引进甘蔗，使用奴隶劳动。由于岛上奴隶起义，荷兰殖民者于1710年放弃此岛。1715年法国东印度公司占领该岛，改名法兰西岛。

法国殖民主义者从东非运来大批黑人奴隶种植甘蔗。18世纪末此岛成为法国的印度洋贸易中心。1767年法国政府接管此岛，作为进攻英属印度的基地。

1810年，英国为维护它在印度洋的霸权地位，出动海军占领此岛。1814年的《巴黎条约》规定此岛让给英国。该岛的甘蔗成为单一种植作物。1835年废除奴隶制以前，全岛经济建立在奴隶制基础上。废奴后，从印度、中国等地输入大批契约劳工，亚洲人在岛民中占多数。

二战开始，毛里求斯岛成为印度洋重要的航空港。在非洲民族解放运动影响下，1936年印度人举行罢工。1968年3月，毛里求斯宣布独立，成为英联邦成员国。

毛里求斯对外奉行中立和不结盟政策。1972年4月15日同中国建交。首都路易港的华人最多的是广东梅州人。那天，我们夫妻在蔻丹广场散步，只听大多数人讲粤语，也有的讲着客家话。不料被一个叫吴宇梅的梅州客家人听出，姐妹俩拦着我们说，听我们口音是广东客家人，并和我们高兴地合影。

"天生丽质"塞舌尔

邮轮在塞舌尔靠岸，一下船接待我们的是来自江苏南通

▲位于印度洋上的塞舌尔金色海滩，这里是度假天堂，住一晚1000美元

▲全球独一无二的塞舌尔雌雄人体器官海椰子果实，它的神奇在于不说别的国家无法栽种，塞舌尔别的地方也无法栽种

的塞舌尔导游廖海燕，她大学毕业后，毅然来到塞舌尔。原来，随着这几年塞舌尔的游客剧增，特别稀缺懂中文的导游，现在塞舌尔大量选派公费留学生到中国留学，回国当导游。

塞舌尔是坐落在东非印度洋上的岛国。1976年6月，成立塞舌尔共和国，属英联邦成员。塞舌尔陆地面积455.8平方公里，领海面积约40万平方公里，专属海洋经济面积约140万平方公里。

塞舌尔工农业基础非常薄弱，以农渔为业，并养有许多家禽家畜。其他方面大部分依赖入境观光客的消费。

塞舌尔只有9万人。肤色各异，白、黑、棕、黄、红，什么人种都有。塞舌尔人都自称为一个民族——克里奥尔，即"混合"之意。这次一下子涌进2000多名游客，全国地接倾巢出动。

全境半数地区为自然保护区，享有"旅游者天堂"的美誉。举世闻名的鱼吃鸟的自然奇观就发生在海面如镜的塞舌尔。

中国央视摄制组曾专门来到塞舌尔的一个偏远环礁，花了好几周的时间静候，终于拍摄到"鱼吃鸟"这难得一见的镜头。

塞舌尔第一大岛——马埃岛。我们从首都维多利亚开始一天行程。行走世界发现，西方社会捆住民众靠两条绳索：一是宗教，二是法律。东非四岛也是七成人信仰基督教。

参观塞舌尔的基督教堂、小本钟、维多利亚市场、山顶教会学校遗址，一路美不胜收。两旁有百年历史的参天大树，在返回维多利亚的路上，远眺红房子富人区。

第六天（13日），继续参观塞舌尔第二大岛——普拉兰岛和拉迪格岛。参观世界遗产地五月谷。世界最美的德阿让海滩（银泉滩），碧海银沙以及奇形怪状的岩石，会让你迷失在独特的风光里。

普拉兰岛是世界著名的景点，"天生丽质难自弃"，塞舌尔确是一个"风情万种的佳人"，有着玻璃般的海水、让人心醉的蓝天碧海、精彩绝伦的阳光沙滩。

大千世界，无奇不有。岛上中部的五月谷自然保护区以保留原生态和4000余株海椰树而闻名于世。这人体器官树，可谓天造地设，鬼斧神工。

以人体器官分出雌雄和公母，海椰子树浑身是宝，除了果核、树干、树叶被欧美国家开发成伟哥类男性保健品和女性护肤品。

那天，来五月谷景区的游客汹涌澎湃，水泄不通，游客们排着队，依次拿着类似人体器官的海椰子果子，争着比画、抢拍，导演着一组组入戏深、搞笑十足的特写镜头。

轮到一对主持人，他们飞快拿起海椰子果，像小孩子以各种姿势摆造型，他们情不自禁，并不避讳，抱住人体器官树，舞动各种摆姿，与这难得一见的奇珍异宝结缘。我想，此刻，即使中度抑郁症患者见到，也会忍俊不禁、破涕一笑！

回到首都维多利亚，感觉这是个非常奇葩的国度，把人体器官海椰子树果实的模型，奉为国宝。商场门口，邮局门口，重要交通要道，都设置有各类造型的，引以为自豪的人体器官海椰子树果实的模型！

变色龙吸引全球游客

马达加斯加和格陵兰、新几内亚、加里曼丹，统称世界四大岛。马国有1910万人口，18个民族，7种信仰。50%的人信仰基督教，相信上帝主宰一切。

此行由毕业于马国孔子学院的丽莎当地接导游，她讲一口流利的汉语。她介绍马国的前世今生，熟如炒豆。

公元1—10世纪，印尼人和阿拉伯人陆续迁入移居马达加斯加岛，并同当地人通婚，形成马尔加什人。14世纪在中部和东南沿海出现了国家组织。16世纪，麦利那人在中部建立伊麦利。

马国被法国殖民63年，1960年独立后，沦为全球最穷的国家之一。

现依靠农业收入，经济落后中国60年，车览马国，主干道道路坑洼，没有红绿灯，市容脏乱，路两旁是茅草屋和一双双饥饿的眼睛。

行程安排去参观北部

▲品种多样的变色龙，最小的只有针尖大。"文革"听传达，陈伯达曾把老干部比喻成变色龙

最大城市迭戈苏亚雷兹西南，那里有个海拔1475米的公园，是1958年法国殖民时代成立的琥珀山国家自然保护区，现马国保护完好，生物多样，也是生态系统最完整的热带雨林。

公园有布和火山湖，75种鸟类、7种狐猴、24种爬行动物和1000种热带植物。我们30多名驴友挤一辆大货车，下雨打滑，车辆行驶困难，大家情不自禁高唱《我爱你中国》。

马国国内贫富悬殊，宪兵和法官月薪2000美元，公务员高层1000美元，低层150美元，中学教师和导游月薪500美元，普通工只有80美元。丽莎说："中国游客是我们马国导游的衣食父母。你们的到来，让我们有活干。"

这几年，随着马国旅游业升温，光是中国游客一年就有四五千人，对一个14亿人口的泱泱大国来说，这个数还只是一个微不足道的比例。原因是东非四岛太偏远，飞机团费太昂贵，邮轮团蜻蜓点水，加上宣传力度不够，现在捷足先登的不少是游遍全球的旅游达人。

马国对中国特别有好感，中国无偿建了一条10公里高速路。近五年政府大量公派留学生到中国，提升国民素质，并让有能力者就近上当地孔子学院学习中文，迎接汹涌到来的中国游客。

2016年4月迄今，全球有127个国家和地区开办了476所孔子学院（马国4所）和851个中小学孔子课堂。尚有70多国200多所大学申办孔子学院，驴友李生女儿现任德国孔子学院院长。

导游丽莎很感恩父亲有眼光，送自己去孔子学院学会汉语

▲邮轮来到马达加斯加海滨公园

翻译，现在当上导游派上用场，也感谢中国游客大量涌入马达加斯加，给她们带来就业的好机会。原来她爸是个精明的文化富商，他知道，学习儒家文化的人，内心都有一块宝藏，开发后"对自己约，对别人恕，对物质俭，对神明敬"，整个生命就不一样！于是花了折合人民币8万元的当地货币，送她上当地孔子学院学习儒家文化。

全球观光都是重在见证稀奇。变色龙这个善于伪装的爬行物，六成为马国独有。

全球出产猴面包树的国家有3个：南非、澳大利亚和马达加斯加。但前两者不成规模，真正壮观、连片成林的只有马达加斯加。

猴面包树，又叫猢狲木、酸瓠和波巴布树，落叶乔木，主干短，分枝多。叶集生于枝顶，小叶长5厘米，长圆状倒卵形，急尖，上面暗绿色发亮，无毛或背面星状柔毛，长9～16厘米，宽4～6厘米，叶柄长10～20厘米。

树冠巨大，树杈千奇百怪，树形壮观，果实大如足球，甘甜多汁，是猴子、猩猩、大象等最喜欢的食物。当它果实成熟时，猴子成群结队而来，爬上树去摘果子吃，"猴面包树"的称呼由此而来。中国游客都是慕名而来。

活火山和月球地貌带火留尼汪

时代似乎转了一个弯：中国巾帼胜过须眉，她们真能把中国梦做遍全世界。我从中东六国到东非四岛一路走来，几乎都是清一色中国"红色娘子军"挂帅，她们精通外语的出国开旅游公司，做得风生水起。

留尼汪地接是中国四川大学旅游专业毕业的小刘。她说世界上的岛分三大类：大陆岛（马达加斯加）、珊瑚岛（澳大利亚）、火山岛（留尼汪、毛里求斯）。留尼汪是火山岛，为法国海外一个省，有25个市。首府是圣丹尼，第二大城市圣保罗。

留尼汪西距马达加斯加650公里，东北距毛里求斯190公里，海岸线长207公里。沿海为热带雨林气候，终年湿热；内地属山地气候，温和凉爽。最热月平均气温26 ℃，最冷月20 ℃。

小刘对留尼汪的前世今生和语言民族研究颇深。她说，1513年，葡萄牙人来到印度洋一群岛，后取名马斯克林群岛，留尼汪为其一，1642年法国占领该岛，1649年命名为波旁岛。

法国大革命时期，波旁岛改名留尼汪，象征革命力量的联合与胜利。1663年，法国移民及其从马达加斯加带来的奴隶在波旁岛定居。该岛作为往来于印度洋的法国舰只的停靠站，受制于法属东印度公司。1767年法国赎买了该岛，并建立了各种行政、司法机构。

1848年废奴后，留尼汪岛上七种民族融合共存，讲克里奥语。在留尼汪的4万多华人中，广东梅州人占多数。他们祖上18世纪迁徙到留尼汪。首任华人市长曾宪建，是广东梅州籍第四代人，现都不会讲客家话。

梅州人移民国外源远流长。远在11世纪宋元时代，为了躲

▲突尼斯这个国家地貌相当奇葩，沙漠瀑布、沙漠绿洲、沙漠峡谷。因是自费项目，很多人不舍得花钱，"买了一头牛，不舍得买一条鞭"。只有慧眼识珠的人才能一饱眼福

避战乱和灾荒，往东南亚国家迁徙，立足开基发祥。历经数百年后，子孙后代已完全融入当地社会，有的通过族谱仍会寻根问祖，前泰国总理他信、英拉兄妹就来到梅州认祖。

火山、月球地貌、萨拉齐冰斗和埃尔堡小镇等精彩看点，特别是留尼汪的火山爆发和月球地貌，每天会有身穿类似宇航服的游客，模拟宇航员推着月球车在摆姿拍照。留尼汪吸引了全球游客如潮水般汹涌而来，仅2018年就多达60万人！然而，中国只有3000人！

第五篇 探幽岛国风情

行前攻略：

大洋洲，因其四周是海洋而得名，是地球上最后被发现的大陆。17世纪被发现时，人们误以为是地球最南端的大陆，故称为澳大利亚（即南端大陆之意）。在这片897万平方公里的土地上，居住着14个国家和10个地区3400万人口。

14国：澳大利亚、新西兰、巴新、帕劳、瑙鲁、基里巴斯、图瓦卢、萨摩亚、斐济、汤加、所罗门群岛、瓦努阿图、密克罗尼西亚、马绍尔群岛。

10地：库克群岛（新）、关岛（美）、新喀里多（法）、波利尼西亚（法）、皮特凯恩岛（英）、瓦利斯与富图纳（法）、纽埃（新）、托克劳（新）、美属萨摩亚、塞班（美）。

大凡世间绝美之景不是险就是远。绚丽多彩的大堡礁，能歌善舞、眼睛似火的毛利人，以露为美的部落风情，南太平洋最原始的纯净，银白的海滩、多彩的潟湖、婀娜的棕榈和妩媚娇美的海滨，构成美不胜收的自然风景线。

2016年的46天环太平洋之旅，公认为绝美海岛之旅，就在于线路将太平洋所有的璀璨明珠串联在一起，它跨越2大洲、9个国家、14个港口、12座海岛，停靠14个港口，其中10个在南半球，万千精彩尽在其中！

一、奇特的部落风情

2016年46天来回穿越了赤道和国际日期变更线，到达飞机不能抵达的一些地方，我觉得很满足，特别是第11站巴布亚新几内亚的阿洛淘。再迟几年来看，这里也会随着文明进化，再也看不到原生态风情。

我们从导游那儿了解到，在南太平洋海岛地区完全文明化之前，原始部落的人都要用"食人"来温饱的，把妇女养得胖胖的，就像养猪一样，最后当作牺牲品，供祭、供吃。

看来，关键是行前务必做好功课，去南太平洋岛国重点看什么？总体来说，那就是岸上看民族风情和自然风光，海湾是体验潟湖和沙滩，船上看飞鱼、海豚。

从目的地来说，塞班看蓝

▲汤加站岗的卫兵穿裙子，让人忍俊不禁

洞和浮潜；瓦国的特色是海底邮局；大溪地是帕皮提，尤其是波拉波拉，是走过路过不能错过的天堂。

旅游的真谛和本质就是探源、探奇、探险、探幽、探秘、探胜。19世纪法国科幻作家凡尔纳以南太平洋为背景，写了《格兰特船长的儿女》《海底两万里》《神秘岛》小说三部曲，值得大家拨冗一读。

行前，我专门到广州中山图书馆借来重温一遍。船上，熊黑钢专家用了一个星期讲南太平洋的自然风光和人文特色，真有点"人未去心先醉"的感觉。

一路下来，我在一个个印证这个实至名归、堪称战栗之旅的天堂概念：沿途蔚蓝如洗的晴空，翡翠般湛蓝的海水，高大的棕榈树，精巧的木屋，细白柔软的沙滩，热带海域的完美与安详，宛若绿宝石，又像花篮，漂在太平洋上。

奇：看过海蚀洞、间歇喷泉、潜入海底的邮局；眺望嶙峋

▲站在高远处看巴布亚新几内亚的活火山，沿途还有瓦努阿图、东萨摩亚、所罗门群岛

奇石、潜入五彩斑斓的海底奇观，清澈多彩的蓝色潟湖；在珊瑚花园里浮潜，还观赏到鲨鱼、魔鬼鱼、黄貂鱼；绚烂鸟类和神秘原始、部落众多的土著文化，让人耳目一新。

险：活火山和地震频发，波涛汹涌，气候变幻无常，在这一带巡航，浮潜探访暗礁，不可控因素随时发生。书中尼摩船长的住所就被火山口封堵。

发生在本次行程中的所罗门7.8级、斐济7.5级、巴新6.9级地震，就与我们擦肩而过。在汤加，巨浪将橡皮船掀翻，手机、相机和钱包掉入大海，所幸无人员伤亡；弹坑遍地，有人就掉进深坑，幸亏抢救及时，大难不死！

幽：在大溪地，每人花40美金凑团，沿热带雨林环游，左边是烟波浩渺、水天一色的大海，右边是深山峡谷、古木参天的原始森林，火山岩地貌的怪石嶙峋、千姿百态的自然生态，巧夺天工，看得眼睛发直，恍若进入世外桃源。

秘：寻访二战痕迹防空洞，拉包尔骷髅洞，体验塔乌鲁活火山魅力，探寻远古神秘的毛利会堂；巡航中有船友拍到飞鱼、海豚，有人守候到鲸鱼翻动，海鸟追逐飞鱼；去汤加有人拍到路边狐蝠，在巴新特定区域看到时隐时现的珍稀动物。

胜：有阳光照耀下美得让人窒息的蓝色梦想。碧海、潟湖、金沙滩；草屋、帆船、冲浪、西南风劲吹的热带海滨花园，蔚蓝大海的浮光掠影。还有三面环水，遍布木槿的花海。

身在壮观的景色中，有点角色转换，梦幻交错，恍如置身于人间天堂。

此行驴友、上海广电局局长李建申写下七律《走向深蓝》，我用隶书将其录下，在歌诗达邮轮环游太平洋跨年晚会上两人助兴。徐凤梅第一次吃豹子胆，在大庭广众之下录像拍摄。

有人说，如果有机会，我还会来，在此长住久居，好好细品美不胜收、画幅长留的人间天堂。

回到船上大家分享图片时发现，同是浮潜，不同线路，有人在潟湖抱着活蹦乱跳的魔鬼鱼；有个女性和衣仰身躺在水中诙谐地说，要是20年前，我会勇敢一脱，尽情享受此时的快乐。

有人戴着潜水镜在水中寻觅，浮出水面时捧着海参；有人拍摄到飞鱼、海豚；也有人抓拍到不同版本的原住民部落少女；还有人拍到拉包尔火山顶部烟雾袅袅的活火山现场和在山下触摸滚烫热水的情景。

京津沪、江浙一带船友最会玩，行前他们搜集到景点之最，有备而来，十八般武器齐全，探寻水底奇观时，使用水下拍摄

▲ "远涉重洋登九万，直插天际向深蓝。美礁佳景梦几回，最是碧海金沙滩。赤道今昨两越穿，鲜花草裙舞翩跹。椰林摇曳晚风暖，重归故土待来年。"

器材，有的用摇控小飞机航拍，以最佳角度、耐心守候，拍摄到南太洋绝佳风光和人文特色镜头。

人生不可能总是赚，也有亏的时候。跟团和自由行各有利弊。这次自由行人数多达600人，中青年、懂外语的居多，有不少是经验丰富的旅游达人。行前做足功课，对线路了如指掌。一到目的地，便与当地人砍价，将最好景点一网打尽。

一位北大毕业的老科班喜滋滋地说："我出行从不跟团，这次行程总共花了不到2000元人民币。塞班下船到市中心是赌场免费接送拉客的，船上收你们20美金。"

我想，选择自由行确实是明智，看点比跟团多。唯感不足的是，听不到网上没有的当地花边新闻，看不到真实的民俗风

▲2017年1月，我们搭乘"时光机"，来到石器时代的巴新阿洛陶部落，触目所见，部落女性老少都是上身全裸。部落人见到东方世界的人非常好奇，一个个阳光灿烂，笑容可掬

201

情，且有安全隐患。

旅游充满着机遇，当地接待能力有限，每条线路分六七部车，导游很多，但能遇上资质较好、经验丰富的地接是一种享受。导游介绍完会让车上游客提问，在斐济苏瓦，我们的地接就很酷。

她说，这里风俗特殊且神秘，不能戴帽子，也不能摸别人的头，那是奇耻大辱，只有村长有戴帽的权利。这里人有几怪：车子没窗户；男人穿花裙、戴面具、文身；女人留胡子、穿草裙。

在瓦努阿图，地接带我们来到埃卡苏普村。我发现村民穿的衣服是树皮布缝制，几乎看不到有人穿机织布料和欧式服装。我借口找卫生间，村民带我进入居住的茅屋。

这里仍保持传统特点：编篱为墙，树叶盖顶。地接和领队在车上同声介绍和翻译说，北部仍保留母系残余，男人上女方家吃软饭；南部则为父权社会，这里的女人以肥胖为美。

人类进入2016年，这里仍残存禁穿衣服，以露为美的巴新氏族部落。参观原始部落，纯属无心插柳，歪打正着，船上2000多名游客，只有我们这4部车100人撞见，我们将拍摄的部落少女风情发回到船上分享，立刻引来一阵惊奇。没去的人后悔无缘，纷纷发回国内分享。

在巴新阿洛陶，那天是元旦，去阿洛陶三个原始部落的，分上午和下午各两拨共4车，每辆20人。我们是下午去的，地接是翻译很地道的马来西亚华人。

地接一边介绍，领队导游在一旁翻译。这里的村民女性都是上身全裸。我们来到海边他们居住的地方，看到女的都是上身全裸，下身系着草裙的原生态打扮。看他们种菜、编草裙、烟熏制鱼的农耕猎鱼生活。

部落男人可以找四个老婆，前提是看谁种的芋头多。村落非常原始落后，只有草棚，没有厨房，那些不穿衣服的女孩，捧着现摘的椰子若无其事地来到游客面前，并不尴尬。

小孩们有的跳水，有的荡秋千。进入棚内，见他们在石块砌成的木柴上烧烤鱼招待我们，烤鱼很腥，但香蕉很甜。

回到船上发现，船友拍摄的部落少女有不同版本。从美学角度讲，美术高校的专业课都用裸体少女临摹，挪威奥斯陆和韩国济州岛都有露天裸雕公园。南太平洋岛国的旅游都是以露为美的女性裸照作为海报，船友们反而少见多怪。

有人说，也许是部落人故意扮演成这副模样，事实上，群友志坚、子华、振义、佩荣和本人拍的图片，则是分别在阿洛陶的阿希奥马、多多巴那和葛希葛希三个不同部落，沿途随机看到或隐或现的老少女性都是裸身的。

原来，凡是靠近都市或港口2小时车程或船程的部落圈村民，都已开始向文明迈进。这情况像海南黎族女性，原本也是上身赤裸，受现代文化的影响，生活方式也发生了华丽蝶变。

太平洋岛国都是小国寡民，斐济是相对发展较快也较富裕的国家，附近乡下也还没有照明用电。房屋有世袭、有租赁。土地分居民地、工厂地和农业地。斐济蔬菜贵，海鲜平，看病免费，但私人诊所看病很贵。

人均月生活费150～200元就够了。旅游业、林业是当地支柱产业。小学教育就是撒野，一年三个学期，我们转了半天看不到学生的影子。

原始与落后是一对孪生姐妹。游客的好奇心是越原始越强，但从进化角度看未必是好事。让人不可思议的是，从侏罗纪恐龙化石最多的故乡河源来到斐济，这里100多年前还有吃人（传教士）的陋习。

目前村民还处于原始公社的生活状态，民众幸福指数极高，他们没有钱的概念，有饭大家吃。偏远的地方对钱很陌生，不像中国，亲兄弟也要明算账。这情形也像中国公社化时代，物资极度匮乏，但人们还是很有幸福感的。

明媚的阳光、清新的空气、清澈的水质、壮观的景色，算是绝佳人居环境。微感不足的是，这里简朴静谧、人口稀少，缺乏文明都市的繁华热闹。

地接说，近几年随着旅游升温和200多名华人陆续到来，网络业快速发展，淳朴世风每况愈下。都市也开始有坑蒙拐骗和假冒伪劣现象。可以断言，在迈向文明的进化过程中，原始淳朴也将很快风光不再，旅游升温不知是喜，还是忧？

二、邮轮上的风景

说到邮轮，人们都会赞美它是移动的城市，赞美船上硬件和吃住玩、游购娱俱全的功能。可我更看重它能调养身心、广

▲我们搭乘的歌诗达邮轮每靠一个港口，团友都会兴奋地拉条幅照全家福

交益友、大开眼界，是最适合老年群体出行的选项。

古语：七十不留宿，八十不留饭，九十不留坐。让人刮目相看的是，船上游客七十以上者健步如飞，八十以上者精神抖擞，九十以上者谈笑风生。九十以上5人中，有的是画家，最大93岁的是棋迷。

来自河北的90岁老人彭庆斌作诗四首。观众除了对彭庆斌的诗作喝彩，更对其高龄的超常精神状态报以热烈的掌声。由此可见，邮轮养老已成趋势。船上2006名游客，过半的是花甲老人，不少是花季陪花甲，子女为父母买单。

上海一位生意人道出心声："钱是赚不完的，老妈的生命是有限的，她今年85岁了，为我们操劳一生，没有真正享受过，我想趁她还能吃能走，赶快陪她出来看看外面世界。要是这次不来就会留下遗憾，以后赚再多钱又有什么意义？"

孝心构成绝美之旅的特殊风景。我为群友们有这样的子女而骄傲，也为那些为父母献出孝心的子女点赞，祝你们的孝心有好报。

一对来自苏州的夫妻，开公司赚钱后每年拿出20多万，每两个月出国一次。他们说，做喜欢的事是动力，做不喜欢的事是压力。旅游是花钱买开心，它是最没有技术含量的运动，趁能走动，就要多品天下美食，多看世界风情。

船上还活跃着另一道景观，他们是一群同命运搏斗，与残疾较真的失能男女，坐着轮椅，由老公或老婆或子女全程推着、搀扶陪护，行走于船上和岸上观光。

湖北一位游客患青光眼30多年，看似健康人，实则全靠一只手搭在妻子肩膀上凭感觉行走。病人辛苦，搀扶陪护者更辛苦。为了却心愿，有的要求下水体验浮潜的滋味。

他感慨地说：这是人生头一次开洋荤，累一点，但很值！他们都在想，参加这次46天绝美之旅，在于证明我健康、我快乐、我牛过、我活出了尊严，就是有天驾鹤西去，也是豪情满怀，没有遗憾！

故此，我又为他们丰饶和豁达的内心而点赞，活着的滋味真好！同样也为失能人家属付出的爱点赞！

▲在人间天堂大溪地潟湖，我戴上透气装备，义无反顾地深入色彩斑斓的海底探秘

当今社会，夫妻在一线城市事业单位工作退休的，每月普遍都过万收入。细算除了医院消费和旅游消费是大头，真正吃和用，花不了多少钱。

原来，国人有储蓄的喜好，也有人像中了

▲大千世界，无奇不有，这是太平洋上会飞的鱼

邪，掉入包括购买保健品和盲目投资各类讲座的深渊不能自拔，什么"机关工作几十年，一到现场就沦陷"。

看来，目前还没有舆论说旅游是上当受骗。你能说船上2000多人中，有高级干部家属，有经历不凡的神秘人物和明星大腕，还有不少是商业大亨，都是被人洗脑，变成冲动的魔鬼？

一首"带着父母去旅行，天天好心情；带着父母去旅行，越活越年轻"，真是唱出了天下父母的喜悦和心声！我认识的除清华大学才女、彭庆斌的女儿，还有重庆的丰辛萍、广西的向荣一路陪伴父母前行，感动船上许多人。

船上更多的中老年人是事业有成，来为犒劳人生干杯，有的是来搭人生最后一班船，为了还心愿，有的身上放了支架，有的推着轮椅，有的携老带幼。上海一对相濡以沫的老夫妻还别出心裁，将80岁生日搬到邮轮上庆贺。

每当晨曦初照或日落之际，船友们在三楼或甲板上快走的时候，我则坐在九楼靠窗位置，望着天边滚滚而去的波涛出神入化，浮想联翩，感慨万千！

半个世纪前"乘长风破万里浪，读万卷书走万里路"，那是遥不可及的神话和梦想，没想到如今触手可及，梦想成真。

今天，当我们沿着两百多年前，库克船长三下太平洋发现的"上帝撒落的珍珠"一路走来，看到风光旖旎的绝美景色，真是赏心悦目，喜极而泣！

普通百姓46天逍遥在太平洋上。我想，幸逢这么好的时代背景和优越条件，我们为何不去好好享用，出来看看大千世界，实现从过去挣钱吃饭，到现在吃饭挣钱的华丽转变呢？

三、珊瑚岛国之行——赴澳纽 10 日游日志

理想的实现比理想的产生要艰难得多，人生的航船不会一帆风顺。50 年前我在中学课本上读到的世界地理，50 年后竟然梦幻成真，实地一游：2008 年退休迄今先后游历亚洲、欧洲、北美洲几十个国家，4 月又游历了大洋洲的澳纽。

每个地方都会有震撼人心的亮点。如看城市风光到欧美，哥特式建筑比比皆是；看人文风光到亚非拉，会有黄河、恒河、尼罗河、亚马孙河等母亲河千年史诗的述说；看自然风光到澳纽，那是奇山秀水世界最后一片净土。

2012 年 4 月 13 日，雨，香港机场候机

学会用平视的目光观察世界，香港机场里，面对铺天盖地的书籍，导游说，你们只是游客，不是政客，出门勿谈国事。

一想也是，命长才吃的饭多。日子过得平易恬淡，动观流水静观山。

2012 年 4 月 14 日，晴，游悉尼蓝山公园

▲袋鼠是澳大利亚的标志性动物，也是游客最喜爱的逗乐对象

人的阅历是一种财富。出境游多了，价值观、人生观会悄然发生变化。不必跑赢刘翔，只求跑赢通胀。与其到风烛残年躺在床上数钱，还不如趁耳聪目明，怀揣20%的薪金变现享受，迈开脚步，游历精彩的外部世界要着数得多。

2012 年 4 月 15 日，晴，登悉尼塔

人不安分才会有发展，澳国和加拿大、美国是世界三大移民国，每4人中就有1华人。而澳国什么都不缺就缺人，世界第6大领土面积只有2200万人。中国移民潮首选澳国，高福利是最大诱因。

澳国国民月薪远超世界人均收入标准（人民币6000元），年届60每月另有1000澳元津贴。近20年大陆高知、富人身份的游客都借考察观光，探讨将孩子送澳读书，以便毕业后移民再惠及父母。

2012 年 4 月 16 日，晴，游墨尔本市区

比起自由行，参团的优势是安全，还有地接解说。墨尔本在世界宜居城市中排前3名，而墨尔本大学又在全球百强大学中排名16，11项诺贝尔奖中7项是生物医学技术。

有人说，如果时光能够倒流几十年，真想搭乘时光机回到学生时代，成为墨尔本大学的一员。全市400多个公园100多年前就已规划好。他们不光设计观念超前，各种观念都与国人迥然不同。国人喜加班，澳纽爱休闲。

2012 年 4 月 20 日，晴，游黄金海岸购物店

当今世界都拿老人开涮，炒"概念"。乐观向上，经常山水养眼，舞蹈养身，聊天、听音乐、读书养心，睡好觉，少计较、不比较，想病也难。

2012 年 4 月 21 日，晴，游黄金海岸农庄

养成未出行先上网的习惯，是确保线路行有所值，不留遗憾的高招。如到了澳大利亚不到悉尼、墨尔本、黄金海岸和大堡礁，不算去过澳大利亚。到了黄金海岸不看农庄的考拉和袋鼠，不游黄金河，等于没到黄金海岸。

四、今日毛利人

去到新西兰，有一个绕不开的景点——毛利人部落。法国作家凡尔纳的《海底两万里》中曾提到。据称，这里在19世纪初英国人入侵前约有20万人，分为50个部落，有部落联盟。

现在毛利人总人口70多万人，其中新西兰有62万，澳大利亚有12.6万，英国有8000人，美国和加拿大有4000人左右。毛利语是新西兰官方语言之一。

1907年新西兰独立后，民族权利受到尊重，人口逐渐回升。现代毛利人已接受英裔新西兰人的影响，社会、经济和文化均已发生变化，多会讲英语，许多人进入城市当雇工。部落界限已被打破，民族意识开始形成，民族文化得到复兴和发展。

据他们传统的历史说法，大约从公元1150年开始，他们的祖先就一批又一批地乘木筏，从大溪地迁徙至此，并从此定居。

考古学家发现，至少在800年或更早以前，新西兰已有毛利人居住。每一部落的成员都承认共同的祖先（可以追溯到父母一方或双方），并效忠于一个或几个酋长。

到了19世纪的初期阶段，他们就开始跟欧洲人交易，交换枪、衣服和许多西方先进的科技品。白人也开始来跟毛利人买地及砍伐开垦。

1839年，传教士将《怀唐伊条约》翻译成毛利语，到

1840年，512个毛利领袖跟英国政府签订了《怀唐伊条约》，新西兰从这时候就合法地成为大英帝国的殖民地之一。但是西方人也带来了很多疾病，因为毛利人对这些疾病没有免疫力，不少人得感冒后在五天内就去世了。

西方先进的枪与大炮很容易就胜过毛利人的石器文化。但在1843—1872年的战争中，毛利反抗者学会利用堑壕战术。毛利反抗者躲在堑壕底下，等英军到来，十分钟内就有一百个白人被打死。

所有战斗于1872年结束，毛利人的大片土地被没收，毛利族的社会被永远瓦解。国王运动的支持者退却到北岛中西部的国王领地。1881年前，这个地区一直对欧洲人封闭，并仍由毛利人控制。

20世纪后半叶，约有9%的新西兰人是毛利人，毛利人和欧洲人之间的通婚率稳步增长，特别是青年毛利男子和欧洲妇女结婚者日多。某些认为自己是毛利人的人，实际上其欧洲祖先尤为突出。与其说是遗传学上的，不如说是文化上的。

做毛利人意味着承认和尊敬他们的祖先，一道承认毛利人的独特思想和行为方式。现在已经恢复了一些对毛利语的教学，1987年毛利

▲景色迷人的澳大利亚的黄金海岸，是游客必去的打卡之地

语被规定为新西兰的一种官方语言。

毛利人独有的民族文化精粹深深地影响了整个国家的生活，现在成为新西兰一大旅游特色。毛利人的碰鼻礼和文面广为我们所熟悉。

毛利人是天生的艺术家，对音乐和舞蹈有独到之处。从传教士那里学习赞美歌的旋律，经过巧妙的运用，发展成毛利人明朗愉快的音乐。毛利歌舞和夏威夷的草裙舞类似。

毛利人将雕刻艺术融入日常生活中，如独木舟上的雕刻、城塞村入口处的雕刻、集会场所前面及周围的雕刻，等等，到处可见。游客可拜访毛利族会堂，观赏毛利传统迎客仪式，参观毛利人村庄雕有图案的房屋。

在当代新西兰，毛利人的文化习俗仍被保存下来。一切毛利人的正式集会都伴随毛利语的演讲、战歌，接待宾客时都要互相以鼻子摩擦表示欢迎，有时还举行仪式挑战或在预先烧热石头的地炉上烹调食物。

2012 年 4 月 17 日，晴，游奥克兰市区

看过奥克兰富人区，发现活着和生活是两个概念。活着充其量是有生命的高级动物，注入享受元素才叫生活。澳纽人过着没有压力、悠闲放松的生活，包括假日走进大自然观光、钓鱼、烧烤、冲浪。

2012 年 4 月 18 日，晴，游罗托鲁瓦农庄

旅游，尤其是出境忌"三较"（车览睡觉、比较、计

较）。奥克兰乘车到罗托鲁瓦的路上，真是处处留心皆是景，柳暗花明又一村。上万元买来车上睡觉的确很蠢。同样，在罗托鲁瓦的毛利村，每转一弯都会零距离看到一座座活火山热气喷涌而出。对见仁见智，不去会遗憾，去了更遗憾的自费项目，也要认准价值，当机立断。

2012年4月22日，晴，布里斯班机场候机

出国前感觉很累，并且有午睡的习惯。奇怪的是，行程5飞2万多公里，每日马不停蹄，行色匆匆，10天下来个个都神清气爽，不显疲惫。原来，活动，活动，活着就要动，出来玩的人每天都很开心。

一项研究显示，成年人若每天坐11个小时，无论他们不坐着的时候做多少体力活动，3年内将比平时坐4小时的人死亡概率大40%。因而把旅游当作生活特别是养老的调味品，是个不错的抉择。

第六篇　探险地球三极

　　人们常把地球的南极、北极和青藏高原三个极端纬度和海拔，称为地球三极。在我看来，实现登峰造极的目标，不是为了人前炫耀，而在于证明我征服了自己，就在于登陆地球三极，已超出旅游的范畴，它是对生命的严峻挑战。

　　青藏高原是世界海拔最高的高原，平均海拔4000米，称

▲2009年，夫妻首次自由行，冲刺珠峰6000米，爬到5200米叫停

为世界屋脊、第三极。高反让人心有余悸、望而却步，又诱人铤而走险，趋之若鹜。

南北极的魔力在于，南极占全球冰被面积的80%以上，有"白色荒漠"之称，最低气温达-89.2℃，风速达每秒17～18米。北极被广大冰原覆盖，周边是冻土地带和8个国家的土地，两地人迹罕至，谜团待解。

一、冲刺珠峰 6000 米

一路惊魂

极地旅游，有时危机四伏，西藏自由行就累得惊心动魄，不寒而栗。行前，我从网上联系到西藏拉萨青年旅行社，由他们订机票和线路地接。到了西藏才发现是一家夫妻店，挂靠西藏拉萨青年旅行社。

这是一条冒险的行程线路。出发那天，旅行社将我的身份证号搞错，到候机室取票时，发现我的名字与福建一人同名，彼陈非此陈，赶忙电告西藏拉萨青年旅行社。对方告知我：你到白云机场，我们来得及通知更正。

2009年，去珠峰的路况还非常糟糕，坑坑洼洼，尘土飞扬，有段路一边是悬崖峭壁，一边是深渊峡谷。我们一早从定日乘坐四驱吉普，在陡峭的公路上一路颠簸，驶到急弯悬崖处，不敢往外看。到达珠峰脚下，围拢的人群指着左侧车轮对司机说：这车轮都扁了！

大家跳下车一看，异口同声地高喊：妈呀！左边轮胎成了扫帚，幸好扁的是靠里侧的左轮，如是右轮，必定撞下悬崖，粉身碎骨了，司机却浑然不觉。

当地接待条件相当有限，当晚只能住帐篷，我们4男1女就将就一下露宿珠峰下的帐篷里。帐篷外大风呼呼直叫，大小便就在简易的木板遮掩下像丢炸弹，不过因气候特寒，瞬间凝固变成粪渣，绝对没有呛鼻的氨水味。

当晚露营的人特少。翌日，我们一行5人，后面稀稀拉拉跟着其他几个驴友，都是想冲刺6000米目标，被边防站军警拦住，说无专业资质不允许上爬，于是我们夫妻来到西藏自治区竖立的5200米石碑前留影。

得到什么

10天的青藏高原惊魂之旅，看塔、游湖、进寺庙、乘观光列车，珠峰露营，心憔力悴，跋涉数千公里，看荒无人烟的雪山。我扪心自问，这次难忘的经历，究竟得到了什么？

从"打卡式、晒图片"，奔赴一个又一个人气景点，旅行中享受了什么？从"走过多少地方"的虚荣心，向真实体验自然和历史人文风情境界迈进。

最幸运的是没有高原反应。相当多的人有这个勇，没有这个福，就在到拉萨的同一天，有个上海来的三口之家，小孩突发高原反应，不吃不睡，吓得全家高度紧张，立即打道回府，数万旅费泡汤。

▲2009年，夫妻在拉萨拼团一行四男一女，向珠峰挺进

十多年前，我们单位有个同事是高血压患者，事前问过医生，医生建议他别去。可他想，单位福利旅游不去有点亏，想碰运气任性去了。结果一下飞机就高反，当晚就送去医院急救，险些丢了老命！

抵达5200米高的珠峰脚下，想到多数人向往这个目标而又望而却步，永远在口上；而今我们夫妇能够满怀自信，平安顺利圆梦，成功在路上。一种满满的幸福感，油然而生。

生命就是一场旅行。有人休闲，有人放松，有人疗伤，有人想多看地球风景。

人去过多少地方，决定他的思维宽度和内心包容程度。登过险峰的人，不会轻易屈服于艰难困苦。

二、南极狂飙一声吼

梦想，是赋予生活积极意义的火种，需要不断挑战。20世纪90年代，我心起涟漪，静观待变。岁老根弥壮，阳骄叶更阴。2007年起，开始信马由缰，遨游世界六大洲，最后只剩梦中的南极洲了。

2015年9月11日，广州旅博会上，一则邮轮探秘南极的广告深深吸引了我：天边泛白，迎着晨曦，望着大海，享受阳光、沙滩和海天一色美景，移动的五星级酒店，享用过应有尽有的丰盛大餐后，开始一天最美的心情。

舱房就是旅途中的家，勋爵房可以通过舷窗，欣赏海天一色的壮阔景色，欣赏日出日落。将生活转个方向，住着去旅行。不用多次打包行李中转，任随邮轮朝着既定目标飘荡在海上，欣赏岸上没有的浪漫、恬静和缤纷的尊贵生活。

北宋宰相王安石说："世之奇伟、瑰怪、非常之观，常在于险远，而人之所罕至焉，故非有志者不能至也。"我魂牵梦萦好几天！南极无疑是险远、奇伟、瑰怪的非常之观，能够认识这种价值的会有哪些人？

衡量成功与幸福，权力和财富不是唯一标尺；享用比拥有贵重的道理不是很多人都懂。去南极，签证、价值观、高团费、晕船体质都会挡住人们的脚步。有人说，花巨款去看冰山动物值不值？这就要看各人的价值观想追求什么。

单枪匹马和最牛签证

攀登人生制高点，提前过中国人的尊贵生活，确实需要目光和勇气！国际邮协讯，登陆南极：

2006—2007 年 37552 人，

2007—2008 年 46069 人，

2008—2009 年 37858 人，

2009—2010 年 36875 人，

2010—2011 年 33824 人，

2011—2012 年 26509 人，

2012—2013 年 34354 人，

2013—2014 年 37405 人。

国际邮协还统计出各大洲和各国人数所占比例，近 8 年来全球共登陆 290446 人，其中欧美占 56%，为 275924 人（美国占 36%）；中国占 5%，升为 14522 人，年均 2420 人，其中 2013 年才 525 人。

2014 年全球邮轮热开始升温，北美占 55%，欧洲 29%，中国、澳大利亚、新加坡、日本、南美国家共占 16%。2014 年前 10 个国家：美国占 51%，德、英国占 15%，澳、意、加拿大占 12%，法、西、挪、中国共占 10%。

由此可见，中国虽是人口大国，有钱人很多，但登陆南极的比例仍极小，欧美居多；广东是人口大省，大亨巨鳄不少，但登陆南极的屈指可数，京津沪和江浙居多。

看来，登陆南极只需一个对幸福完美解读的智慧。务必过好五关：一是心理关，不能未去先怕；二是价值观，能高度看世界看人生；三是体力关，能够耐寒；三是财力关，高团费和抵押款；五是签证关，有多个发达国家的签证记录。

在我报名的公司，有人得知我去南极，个个投来惊讶的目光。一个50岁左右的老板在一旁风趣地说：我还想多活几年！据说香港影星梁家辉去南极，保险公司不敢接单。200号人的破冰船促销近一年，泱泱大国才197人。

阿根廷签证，手续浩繁，条件苛刻，是我的旅游史上堪称一绝的奇葩签证，拒签率高达33%。首先，护照须有10多个发达国记录，退休证要司法公证和外事认证，司法公证由所在地先公证，再拿到省外办认证，全程费用近千。

出发篇

2016年2月11—12日

是日上午，从广州飞往上海浦东机场集中，发现报名早，最低价内舱房4.8万，接近源头价，原来信息和时间节点很重要。

12日23点飞往卡塔尔首都多哈转机，到阿根廷首都布宜诺斯艾利斯，入住酒店。半夜，一个小伙子敲门进来，是我南极之旅的室友小张。小伙子哈工大刚毕业，来南极放松犒劳一下自己。

我问他，干吗这么晚才到来？他说北京团到阿根廷上空，遭遇惊魂的一幕：

"我们的飞机到了阿根廷上空，突然电闪雷鸣，飞机在天上盘旋了40多分钟无法降落，这时机上游客一个个吓得脸色惨白，露出绝望的眼神，却又表现得异常沉静。我一眼扫去，有的掏出笔记本在写遗书，有的拿出观音菩萨佩件在做法事，有的双手合十念念有词，祈祷上帝保佑！"

翌日得知，本次南极探险团由197人组成探险命运共同体，由赵鑫、唐伟带队，他们专门聘请中国海洋局南极专家李占生教授和陶丽娜作为本次探险之旅的高级顾问。

197人中年龄最大的78岁，最小的16岁，女性居多，分别来自白山黑水和八桂大地等20个省市区，京沪江浙居多，粤闽一共才3个代表，广东只有我和中山的崔永。

2016年2月13日傍晚，我们从乌斯怀亚登船，开始南极之旅。小张先进舱房，毕竟是哈工大的高材生，不仅性格豪爽开朗，且特别喜欢唠嗑。他进去左右看了一下，爽快地说："大叔，你老就住大的房间吧，我怕打呼噜吵到你。"

原来，勋爵房是两房两卫一厅，互不干扰，还有客厅茶几，从房间的舷舱可以瞭望海面180度风光。我心想，这次去南极享受这样高品质的生活，真是物超所值了！

两天海上航行，大家觉得窝在

▲我们在去南极的海恩典船上展示五星红旗

房间很枯燥，纷纷来到甲板上拥抱蓝天大海，赏无敌海景。奢华的不光是物质享受，更是心灵上的沉淀，享受真正的慢时光，这时，我的勋爵套房也变相浪费了。

船上顶层有一个大厅，靠窗是一排排小桌子，可供大家或饮茶，或聊天，或观赏海上风光。旁边还有书柜，我在一面"第32次南极科考队"红旗下留影。来到大厅一角，见几个游客围着一个北京大学的教授聊天。

这时，突然闯进一个驴友说："今天新闻，闫肃去世了！"教授好奇地问大家："闫肃是什么人？"

教授此话一出，他身边的游客一个个无声地散去。我忽然明白，作为一个国际旅游者，我们旅途，不光要具备有形的行囊，还要有无形的"行囊"，这样，在公众面前才不会让人觉得看似才高八斗，实则孤陋寡闻。

凡是二十世纪四五十年代过来的人，即便不是文艺爱好者，可以不知道周杰伦、姚贝娜，但不可以不知道乔羽、郭兰英；男有王心刚、女有王晓棠。一个普通高校的教授可以不知道闫肃，一个北京大学的教授不知道闫肃就会让人不解了。

听专家有关极地探险的历史典故、人文地理、动植物生态变化的讲座，是这艘船的一大特色。他们中有探险家、航海家、历史学家、地理地质学家、冰川学家、地球物理和气象、环境保护学家、海洋生物和鸟类专家。

李占生是曾参加中山站选址的资深专家，他说，南极有三极：一是寒极，最冷纪录零下89℃；二是风极，是12级台风的3倍多，有次遇到白化天气，天地不分，同行的日本人瞬间不见；三是旱极，比撒哈拉沙漠还干。

讲座把我带入幻想和现实交汇点，破解南极和月球与臭氧层背后的科研谜团。南极大陆冰架占44%，冰障占38%，冰川占13%，岩石占5%，冰山诞生于冰架，冰架诞生于冰川，冰盖是大陆，另有冰帽、冰流、海冰构成独特的海洋景观。

李占生讲到1989年参与中山站选址情景，感言"一朝南极行，终生南极情"。张国立是一位塑造了诸多经典荧屏形象的演员，也参与了中山站创建工作，是中国第五次南极科考队队员，曾遭遇特大冰崩浮冰围困船身的危险。

2016年2月14日

随着南极旅游升温，李占生的书在船上拍卖，一本就能拍到198美元，相当于人民币1386元，这让当初对这本书的市场前景误判的出版社始料不及！

李占生感慨："当初出版社说，你这本书资料虽是珍贵，但受众面小，我们不给你稿费，就给书吧。"现在压在北京西山仓库的书，又"咸鱼翻身"了！

是日（第二天）勇闯西风带德雷克海峡，该海峡又被称为魔鬼海峡、暴风走廊等。它之所以让人闻之色变，就在于它长900海里，宽100海里，最深4000米。风高浪急是常态，80%的人会晕，是中国人南极之旅的心理障碍。

据说上海开船到北极10天就到，开船去南极需30天，而经上海转机到布宜诺斯艾利斯，再飞到乌斯怀亚，空中31个小时，然后两天两晚穿越德雷克海峡，进入南极秘境，总共要80个小时。

我联想起100多年前英国"泰坦尼克号"，在北极遭遇恶劣天气导致船体倾覆，1500多人遇难。但我转而想到，天地与我同根，万物与我一体，大自然的神奇在于它的不确定性，良好的心态和现代高科技航海定会化险为夷。

2016年2月15日

是日（第三天）傍晚抵达多曼湾。我把登陆南极比作盟军登陆诺曼底，做好精心准备。1944年6月6日，盟军从法国诺曼底登陆前，准备了两年数百张航拍资料，以确保顺利登陆。盟军前后夹击，使希特勒首尾难顾，加速其灭亡。

▲在南极，我们每天涂抹好防晒霜，戴上墨镜，穿好防水裤和救生衣，分红、黄、蓝、绿色四组分批登陆、巡航

▲登陆期间，三四个小时我们无法在岛上方便，因为这里连简易流动的洗手间也不提供，有尿频的只能带纸尿裤，湿着回船解决

当晚，船方组织大家救援演练。为使穿越海峡不晕，我潜心做到五要五不要：

要看书（四大名著），不要打牌；要听歌（出发前我已下载389首金曲），不要洗刷；要冥思，不要聊天；要睡觉，不要站立；要听课，不要走动。

两天过去，傍晚船上广播响了，航已过了德雷克海峡，到达英国探险家1819年发现的南设特兰群岛。我一直处于良好状态。一心想体验西风带的广东中山团友崔永，跑来笑着对我说："什么魔鬼海峡，这不风平浪静的吗？哪儿来的晕船？"我竖起大拇指，会心地笑着对他说："咱俩有同感。"

登陆篇

登陆南极，也是两个字：震撼！走进南极就像走进童话世界和科学迷宫。本次南极之旅，深入南极半岛停靠和登陆的港岛共有查科港、布兰诺湾、洛克伊港、天堂湾、尼科港、库弗威尔岛、安特普斯岛、乔王治岛（长城站）、半月岛。197人每天分四组，轮着顺序进行巡游和登陆。

2016年2月16日

每一步都在人生旅程上留下足迹。

是日（第四天）一早起来，我马上被无边的宁静和震撼的景色惊呆，这里像是世界的尽头，一切重新开始，人生原来还有如此的精彩。

船方告知，我们乘坐的中型邮轮已进入南极半岛浅水域，到达人迹罕至的利马水道，大家纷纷走出甲板眺望，欣赏和拍摄独特景致。

望着惊艳的景色，我遐思万千！此前我们曾追寻失落的玛雅和印加文化，发现世间没有永恒。原来，再强大的文明也会倾覆。

我们去过欧美，见过古罗马遗址，目睹古战场留下的百孔千疮，只有荒无人烟的南极，始终保持地球上唯一圣洁的纯净、庄严和蓝与白的美丽世界。

最后一片净土，实至名归！

南极很多美丽的景象，要超出电影和电视剧的虚假，离生活太远的美丽，没法满足人们的真实感。亲眼一见南极的壮观给人留下的心灵震撼，将是旷世不忘，刻骨铭心。

利马水道诡异、迷人，给人肃杀之感，又让人魂牵梦萦。我感慨，这一趟没白来，这个钱没白花。

可叹去欧美游览的人前呼后拥，到南极探寻秘境的人则凤毛麟角。

上午，我们按要求涂抹好防晒霜，戴上墨镜，穿好防水裤和救生衣，分红、黄、蓝、绿色四组分批登陆查科港，每一步都在人生旅程上留下一个足迹。

南极生态环境，包括奇特鸟类和海洋生物。南极的主人是企鹅，有灵性。据说天堂湾和查科港，企鹅有1.2亿只，占世界总数的87%，帽带和帝王等品种有18种之多。

▲ "行走天下"的驴友，一个个有备而来，国旗、极旗、标语都带在身上

西部比东部气温高，夏天温度在+5℃和-5℃之间，最冷零下十多摄氏度。我们这次赶上的真正温度是+4℃，仅冲锋衣就裹得汗流浃背，我行前按船方要求准备的所有防寒御冷衣物变得特别多余，基本没有派上用场。

我们感慨，六大洲文明世界的真善美，南极洲都有；六大洲的假恶丑，南极洲没有。

下午，登陆洛克罗伊岛的尼科港，这里有建于1941年的英国站，1996年改建成博物馆；有世界最南端的邮局，为游客提供首日封和特殊邮戳。驴友们个个心血来潮，有的在乌斯怀亚，有的在船上花1美元1张买好明信片，来到英国站排队盖特殊邮戳，往国内邮寄。

2016年2月17日

有挑战的人生才会有喝彩。

是日（第五天）我们停靠在库弗维尔岛的天堂湾。远远可见阿根廷布朗站留下的废旧物。这里风云变幻，山峰起伏，连绵重叠，冰雪动人，不时可见天崩地裂般的雪崩。

上午我们按颜色分批轮着登陆尼克港，上下船非常快捷，这也是小型船"海恩典号"的优势。登顶200多米的雪山需要两个小时。

中国于1985年签署《南极条约》。至今有46个协商国。条约规定，南纬60°以南，包括冰架总面积5200万平方公里，仅用于科学研究和国际合作，禁止一切军事性质的活动及核爆炸和处理放射物，冻结领土所有权的主张。

南极动物世界里，海豹、企鹅和谐相处，生生不息，是全球唯一没有盗猎者的动物天堂。我们每前进一步都在探险队员的视线之内，严禁追逐、惊吓、捕捉甚至喂养动物。

▲跳海前运气发威

下午，登陆美得让人窒息的天堂湾。驴友们有的站在悬崖高处，拿着国旗或有南极地图的旗帜，摆出侧头、扭腰、手不闲的姿势；有的手拉手围躺在雪地上，享受雪景的乐趣。

▼据载，全球第一个到过南极的，是1911年挪威极地探险家阿蒙森（1872—1928），却未曾在南极留下跳海的记录

▲南极跳海勇士中英文证书

午餐后，没有风浪，船上广播通知："参加跳水活动的游客们请注意，赶紧准备到四层排队！"由船方组织的跳海活动拉开帷幕，船方放下舷梯。

夸克探险公司的船方探险队长与中方领队赵鑫打赌说："你们中国团有10个人跳就OK。"赵鑫笑着说："至少有20个！"

听到广播，我飞快地跑回房间，匆忙换上泳衣，又飞快地来到四层出舱口，由探险队员为一个个跳水勇士一一对号，验明身份。刷完存在感，我又喝上一杯御寒酒，运气热身，增加兴奋和能量，第一个出现在跳台上。

这时，我发现身后一群穿着泳衣的中老年驴友凑了上来，一个个精神抖擞，意气风发，神气活现地跟着我，情不自禁地跳起迪斯科！这个精彩瞬间，也被尾随身后而来的船上摄影师西蒙迅速拍下。

南极跳海是我的生命中最不可思议的经历。除了需要足够的勇气，还必须具备良好的心理素质和健康条件。务必量力而行，万一突发心梗或心生恐惧，呛水上不来了，那是命该如此。

记得活动前，王尔倩（英国海归、央视名嘴敬一丹的爱女）一再提醒：你在医院上手术台时，有亲人签字；在南极跳海，全靠各人自己量身把握。

我发现197人中看热闹的占绝对比例，至少有五六种人，心中的钟摆会在生命和荣耀中来回摇摆，不敢贸然跳海：探险家、名人大咖、大老板、基础病者、高龄长者，夫妻同行者，有一方会拉后腿，坚决不让跳。

据后来船上签发证书统计，参加2016年2月17日，南极64°海域跳水的共35人，其中70岁1人，60～69岁21人，60岁以下13人。女性20人，男性15人。

等待哨声喊跳海开始那一刻是最紧张的。

当我第一个出现在出舱口跳台，环顾船上顶层，出来看勇士跳水的驴友们黑压压一片，大家都在助威呐喊，一个个端着"长枪短炮"对准跳台，准备拍摄南极勇士跳海的狂飙动作。

船方对跳海活动高度重视，现场探险队员全副武装，在跳台对面，早有两艘船停在那里：一艘负责跳水人员的安全；另一艘负责拍摄跳海人员的精彩镜头。参加跳水的人身上都要系上一根红色安全绳（我还特别加佩一条红领带）。

就在安全员把绳系在我的腰上那一刻，大脑曾有一秒脑雾：跳进海里能上来吗？此前我获知，人在冰冷的海水中，当体温下降到35摄氏度时，死亡率为30%，低于28摄氏度时，死亡率几乎为100%了。

我仰望天空，这时信天翁从头上呼啸掠过，像是前来助兴；眺望远处白雪皑皑的南极大海，我浑身热血沸腾，开弓没有回头箭。万里迢迢有备而来，如果临阵退缩，错过这千载难逢的机会，真的又会很后悔！

随着指挥哨声一响：我即扑通一声，纵身一个猛力扎入海里，海水淹没头顶，刺骨的海水溅起阵阵浪花。我心里一直保持冷静和清醒，不能长时间待在海里，否则将会导致失温危及生命。想到这里，我奋力翻动几个筋斗后，成功靠岸。

南极跳海虽然只有几个动作，却展示了一个魅力不减、老当益壮的陈家辉威猛形象。那种"人在地狱，心在天堂"的感觉，是历久弥新的永恒记忆。

夸克探险公司随团拍摄师西蒙，将我的老夫聊发少年狂的狂飙动作，和南极游的全程制作成专题视频发到船上分享，这也是我行前为何要先后遴选五艘船的原因。

这艘船突显三大优势：一是船身轻便，穿梭岛屿的数量多；二是有专业摄影师跟拍全程，并将跳水活动制作或光盘，人手一份；三是承诺登陆长城站。很多团因未能登陆长城站，不能在"长城站，欢迎您"的标志下留影而留下遗憾！

来到船上发现是挪威探险队，经验丰富，过魔鬼海峡有惊无险；赵鑫、唐伟做优秀领队，李占生、陶丽娜专家做顾问，巧舌如簧的王尔倩做麦霸，超值！

而今，我反复回放南极跳海视频，发现越是年纪大的人，越是能豁出去；尤其是老年女士，对生死更看得开；反而年轻的会心有余虑，夹在老年队伍中忐忑前行。

南极跳海，唯一需要的是足够的勇气，甚至不需要会游泳，在南极海水中泡上几秒就让人体验到精彩，每一秒都是心灵与自然的深度交流，干冷的空气，刺骨的寒风，冰冷的海水，永久的冰川，对每个人都是一种挑战。

我的这个瞬间动作，被唐伟、金一平、张悦纳等，纷纷抢拍到微信分享。跳水活动完毕，为了表彰我们的勇敢，船方给每个跳水勇士颁发了探险队长签名和盖有南极图章的两份中英文版跳水勇士证书。

　　船方摄影师西蒙还将全程录制成视频光碟，发给每位游客，作为留给人生和子孙后代宝贵的无形资产。试想，当年挪威极地探险家阿蒙森（1872—1928）1911年到达南极，不就是通过这种记载方式传承到今天的吗？

　　说南极跳海视频是留给后人的宝贵财富不假。行走六大洲的人多如牛毛，但泱泱大国，从2006—2016年，探访南极的只2万人。而古稀年纪跳海的则是我独占鳌头。当我将跳海图片分享给朋友，朋友一片唏嘘，怀疑是不是真的。

　　"无知无畏"，现在回想起来仍让人后怕，原来人在零摄氏度以下的冰水里超过10分钟，便会失去意识；15分钟会显示心跳停止的体征。我能安全上来，算是"阎王点了名，没有去报到"。

2016年2月18日

　　看座头鲸，看的是运气。

　　是日（第六天）上午，驴友一早按船方要求整装准备，分组分批出发到安特普斯岛巡游。我们黄组轮到首批出发，赵鑫领队早早来到座头鲸常出没的区域伏击，不久四条船都从不同角度远远盯着一个目标。

　　大家就像打伏击战一样，所有长枪短炮对准一个喷水点，可就是不见座头鲸现身。人类与动物的区别是：动物不接受教化，人有自然、生物、物理、社会、化学、教化6个属性。

　　教化的核心是德化，德化的真谛，包括孝老养小、上善若水不争先、嗜欲深者天机浅、知命不算命、人情不宜太真；直木先伐，甘井先竭；中和为福，偏激为灾；少事为福，多心招祸；两年学说话，一生学闭嘴。

▲领队赵鑫说，看座头鲸真要碰运气，他来几次都没这次巧合，太幸运了

海洋动物由陆地演化而来，而鲸是群体社交动物，种类分为齿鲸、须鲸、白鲸、蓝鲸、灰鲸、虎鲸、座头鲸、独角鲸、逆戟鲸、抹香鲸、小须鲸等。蓝鲸最大，长达 27 米，120 吨。其次是须鲸，长达 10 米，最小的也有 9 吨。

突然，随着一个浪花，远处一条时沉时浮的巨型座头鲸映入眼帘。就在鲸的尾巴直指天空接连翻动几下的刹那，四条船一拥而上，众人咔嚓拍摄不停。

下午，我们继续巡游。在安特普斯岛，沿途可见岛上停靠铁桩、海盗猎鲸遗弃的破船和遭遇海难的沉船，远处海域海豹在嬉戏。

令人注目的还有在阳光和断裂作用下色彩斑斓、刀切斧削般的雪景，一座座冰川独具魅力，像千层年糕，又像百年树轮，层次分明，形态各异，目不暇接，气象万千！各组先后聚焦到这里，从不同角度巡视围观，传来阵阵的哇哇称叹声。

　　▲左起旅游达人、江苏的郜博，南极跳海勇士、广东游记夺冠者陈家辉，参与长城站选址的中国海洋局专家李占生

　　▲"长城站，欢迎您！"一字值万金，赴南极能否登上长城站，那是尽人事，看天气。拍景，要将自己拍入长城站标志中，要不，你凭什么说你到了长城站？而今这张"长城站，欢迎您！"值得我炫耀一辈子

2016年2月19日

船方夸克公司探险队长说："登长城站，我说了不算，天气说了算。"

是日（第七天）上午，我们有幸登陆乔治王岛上1984年中国建立的第一个科考站——长城站。驴友们特别兴奋，花上几万就能实现这个人生标志性的目标。

在站里，我们参观了每个科研室的仪器设备，有收藏兴趣的还买了价值45美元的带南极标志的纪念品，盖上中国长城站的纪念章。驴友们在同站里工作人员合影后，还纷纷同为促成这一目标努力的李占生、陶丽娜和翻译王尔倩合影。

迄今中国在南极设有4个站：长城站、中山站、昆仑站、泰山站。中山站是内陆考察的大本营，能供旅游参观的只有长城站，我们这次算是幸运的，风平浪静，顺利靠岸。

▲2016年2月，是赴南极的好季节，也是长城站自20世纪80年代建站迎来的第32次考察

先进发达的科技给人类带来便利的同时，也给人类带来污染环境的生存危机。唯独南极地缘的优势，让冰山、雪地、大海、天空始终保持神秘世界原始自然的壮丽和圣洁

纯净的庄严。

下午，风浪较小，船方特别安排登半月岛。南极探险有什么好玩的？6天时间听专家讲座，展开奇幻之旅，倚仗足够的勇气和兴趣，徒步、登山、冰泳、乘橡皮艇巡游。

位于南设特兰群岛上的迪塞普申岛，又叫奇幻岛，是南极活火山岛。鲸鱼湾水面平稳，水温最高，是极地享受游泳的最佳地点。可惜南极不确定的因素太多，未能如愿去鲸鱼湾体验冰火两重天的滋味。

李占生说，那就是一个传说，20世纪初的一天，南极海域大雾弥漫，几个捕鱼人偶然发现雾中有个岛，可海水一涨，就不见了，欺骗岛的名字由此而来。其实是海底火山喷发，火山口塌陷，形成这个天然港湾。

凯旋篇

这次南极探险，197人的命运共同体，行程往返满满6万公里，空中飞行68个小时，海上巡航加往返140个小时。多次登陆、巡航，包括跳海、过魔鬼海峡，没出任何事故。

2016年2月20日 向天再借一万年

19日傍晚开始返航。6天的巡航和登陆，满载体验的心灵震撼，返回喧嚣繁忙的文明世界。按南极探险规矩，大家只能留下脚印、带走全程精心拍摄的80G摄像图片、跳海勇士和南极登陆证书以及删不去的记忆。

俗话说，生命的源泉是精气神。南极的极端天气和德雷克海峡的险恶，就考验着所有南极探险者的精气神，让我们亲身品尝一回类似凤凰涅槃、浴火重生的魅力。

为了风景，为了遇见，为了重获新生，为了南极给人的惊叹、惊讶、惊奇，极地探险的每一步，都在人生旅程上留下一个足迹，从某种意义上说，也是回到文明世界前，人生最后一步。

南极登陆重点有24岛：

南设特兰群岛11个大岛——象岛、克拉伦斯岛、乔治王岛（长城站）、第二大岛利文斯顿岛、纳尔逊岛、罗伯特岛、格林尼治岛、斯诺岛、史密斯岛、奇幻岛、洛岛。

南极半岛13个大岛——艾秋岛、库佛维尔岛、尼科港、艾米兰特布朗站、天堂湾、韦尔纳茨乌克兰考察站、雷麦瑞海峡得曼岛、威廉敏娜湾、南极印象、丹科岛等。

2016年2月21日回马枪　魔鬼海峡露真容

任何光辉的顶点和美丽景象都没那么容易抵达。赴南极过900公里德雷克海峡，强健程度与晕船无关，浪涛把船掀成38° 超过80%的人会晕船。

正是因为凶险无比，怒吼海峡成为南极的天然保护神，往返4天96个小时让六大洲成千上万、蠢蠢欲动的人望洋兴叹！

穿越德雷克海峡，绝大部分人闻之色变。说什么要多吃压缩饼干和苹果，进食清淡，不吃奶油奶酪，少喝水，少活动。我不信邪，坚持不服药，结果两天没事。

我多半时光在甲板上度过，面对蓝天白云和烟波浩渺的大海，信天翁翱翔在海天之间，每每会情不自禁地掏出相机咔嚓不停。这里远离文明世界，难怪有人说，来南极的游客要么是犒赏人生的成功者，要么是寻求解脱的失意者。

时值2月，南极夏季，谢天谢地，大自然帮忙，穿越恐怖的德雷克海峡西风带，我别说吐，连晕船反应都不觉，并没有像某些人说的那种"求生不得，求死不能"和逃过一劫的夸张和糟糕程度。

然而，我高兴得太早了！是日早上5时许，刻骨铭心的惊魂一幕上演了！只听得砰的一声巨响，把我俩从梦中震醒，两人同时从床上滚到地下，柜子上的电话和被子甩到地面。

也许是险由心生，境随心变。那一刻，我俩第一反应就是出事了，船马上就会沉入大海，求生的本能让同室的小赵急忙翻身提起裤子，边穿边往门外狂奔。我则变得出奇地镇静。

这时，我隐隐听到隔壁传来一阵阵撕心裂肺的哀号声：

"老公，我好怕！""别怕，怕也没用，只能听天由命了！""要是我俩都葬身海底，我们的孩子谁养呀？呜呜……老公……老公呀！"老婆凄惨的哀号声，一阵紧过一阵叫个不停，老公也泣不成声。

听到这里，我也禁不住鼻子一酸，泪眼婆娑。心想，他们还年轻，不比我70岁的人无所谓了，上帝如果用这种残忍的方式惩罚我们，家人会哭得呼天抢地！

有人说，看一万次南极影视灾难片，不如亲历一次南极的凶险让人难忘。面对一片狼藉的险状，我极力让自己安静下来，按船方要求，静静地躺在客厅的沙发上。

这时我忽然想到，1912年泰坦尼克号沉没于北冰洋，还有6名生还者，在回忆记录整个灾难过程，我们这艘船万一沉没了，连呼救打捞都来不及，不如将整个过程用笔记本记下，相信将来全球看到我的笔记，也是一个活生生证据呀！

想到这里，我顺手拿出笔记，将脑子里遐思万千、潮水般涌出的一串串人生感悟的哲理性美句，记录在笔记上：

1.熟悉的地方无风景，平静的生活无激情。梦想只唱不行动，永远是梦想。

2.能超越常规的人，是充满希望的人。实现生命价值，体验非凡人生。为自己鼓劲，为后人鼓舞。

3.价格有可比性，使用价值没有可比性。赴南极是和货币贬值赛跑，跟平庸挑战。

4.不管风吹浪打，胜似闲庭信步。魔鬼海峡不体验怎知它的恐怖。

5.亲吻冰山雪地，涉足动物世界。梦想成真登南极，天方夜谭变现实。

6.删不掉的是记忆，静不下的是心情。净化灵魂之旅，犒劳人生之旅，挑战人生之旅。

7.冒险，只为圆梦，看不同世界。登陆探南极，圆梦七大洲。

8.登陆南极，要有过关斩将的剑胆琴心。信念是战胜极地的利器。

9.南极壮行，需要矢志不移，义无反顾。冒险，只为不留遗憾，体验超凡人生。

10.行走六大洲，看的是大同小异的宫厅、广场、城堡、教堂、神庙、修道院和湖光山色与欧式建筑；登陆南极，看的是雪燕、海豹、帝王企鹅和美得让你窒息的天堂湾，还有神秘、雄伟，让你魂牵梦萦的利马水道。

11.让人闻之色变的魔鬼海峡，就在于它长600海里，宽100海里，最深4000米，航程48小时的体能极限挑战。

12.六大洲看不到的绝美世界。南极壮行，是人生最精彩的篇章。没有去南极，还不敢说已看淡人生，看淡生死。

13.来自世界最南端的纪念明信片，显得弥足珍贵。登上南极大陆，获得跳海和探险证书，实现圆满七大洲的畅想。

14.登上长城站，险处不须看。登陆长城站和极地游泳的鲸鱼湾，都需要运气。

15.南设特兰群岛，1819年英国人最早发现的一片荒地。

16.库佛维尔岛，南极半岛上最大的巴布亚企鹅领地。近距离观看巨海燕、蓝鸬鹚、黑背鸥。

17.帝企鹅，企鹅之王，泱泱世界，只有南极才有。企鹅品种18种之多，约1.2亿只，占世界总数的87%。奇特鸟类和海洋生物，只有南极之旅才有。

18.各国科考站26家，真正在南极内陆建站的只有中国。去南极，不去长城站会遗憾。登陆南极，远不是看动植物那么简单。

19.梦想，永远在嘴上；行动，转眼在路上。莫愁前路无知己，全球高人一大帮。

20.据说世界上62个富人的财富，可抵36亿穷人之和。或许他们什么都不缺，唯独缺少去南极登陆的目标和勇气。

22.南极是最后一个被发现的大洲，也是唯一没有土著人居住的大陆，平均海拔2350米，矿物220种。

23.不要羡慕走了多少地方，就看去过地球三极没有。不要在意别人眼光，自己风光就好。"让人去说吧，走自己的路。"（但丁）

24.往返怒吼海峡惊魂96个小时，命途尽头走一遭。登陆南极，恍若隔世，不虚此行。

25.追求卓越，登上人生制高点。什么魔鬼海峡，怒吼海峡，最恶劣的航道，不是想象的那么恐怖和糟糕。

26.一切都是浮云，健康活着，遨游世界，是最大的赢家，也是人生的最高境界！

27.南极探索衍生的民族自豪感在于，全球224个国家和地区，只有26国在南极设有科考站。其中就有中国。这是中华民族强盛的一大象征和标志。

28.比利时探险队于1898发现了杰拉许海峡，也是人类史上第一个在南极过冬并成功脱难的团队。

29.人类于1957年开展旅游活动以来，至2016年，全球去过南极的人数达34万，其中科考人员16万，游客18万，中国仅2万，而我是2万分之一。

30.神秘遥远的冰雪大陆，以独特的景观、珍奇的动物吸引世界游人的目光。

31.天涯尽头是南极，人生不可错过的旅游胜地。现场的南极，原来是这样让你惊叹、惊讶、惊奇。

32.极端自然环境，造就千姿百态的动植物世界，原始恢宏的自然景观。

33.别人眼中的危险和恐惧并不等于我眼中的，没有看淡生死的勇气，还真不敢妄来南极。

34.如果要我说南极旅游的感受，我仿佛离开地球到了另一个遥远的星球，经过凤凰涅槃、浴火重生又脱颖而出。

35.沿冰河水道一路前行，进入浅水域，到达人迹罕至的地方，欣赏晶莹剔透的独特冰川景色，完全进入忘我境界。

36.满眼可爱的企鹅海豹，迷人壮观形状奇特的冰山，白雪皑皑的山峰，晶莹剔透的冰川，还有密集的浮冰、独特的绿色植被，构成神秘奇幻的南极大陆。

37.钱在银行永远是钱，把钱用在南极，看到的是钱的世界。居家看到的永远是家，走出去看到的才是世界。

突然，船上广播响了，把我的思绪一下子拉回眼前，两个小时过去，理顺后竟有37条之多，作为制作美篇的花絮。

因船上提高安全级别，早餐和中餐都停止，只供应饼干水果给大家充饥。8时，我来到六楼大厅，只见游客稀稀拉拉，屈指可数，原来大家都还沉浸在惊吓之中。多数人面无表情，脸色惨白，有的吐得一塌糊涂，有的东倒西歪。

餐厅里，广西的黄萍、福建的邱秀萍一对形影不离。她俩好像仍精神抖擞，坐在一旁朝我点头微笑，还为我端来热水。那一刻，一个文明热情的举手之劳，让我记住了两人的名字。

当天晚上船长介绍说，今早德雷克海峡遭遇3个11米高的气团围剿，巨浪冲击船体，颠簸倾斜度高达45°！在他多年的航行史上，遇上这样大的飓风还属首次！

这时我才真正无语，印证什么叫"躲过一劫"，什么叫"生不如死"，难怪近10年下来，来南极的华人不到2万。

2016年2月22日

是日返回阿根廷。上午，我们游览了地球最南端的火地岛公园，原始恢宏，湖光山色，将人带入另一种境界。

13点从乌斯怀亚起飞，17点抵达由20多个卫星城组成的布宜诺斯艾利斯。毕业于杭州大学的福建籍中文地接，一上车便教大家"往前看是美好的，往后看会后悔的"。

阿国才200年历史，农业是经济支柱。看病读书不要钱；国穷民富，贫富悬殊。导游说，阿国开放得令人窒息：竞选总统，情人越多胜出的概率越高；学会做爱，是中学生的必修课。她就被儿子的班主任批评，说她剥夺儿子的人权。

2016年2月23日

阿根廷古农庄一天的活动，是未来两天飞行的缓冲准备。农庄离市区110公里，一派田园风光，阳光、草原、农舍、牧民、马，质朴、自然。午餐，我们吃着丰盛的烤肉，喝着啤酒，接着看探戈和马戏表演，气氛热烈，疲惫荡然无存。

2016年2月24日

欣赏有南美威尼斯美称的老虎洲。巴拉那运河流域的三角洲风景独特，午后车览纪念1816年7月9日独立的七九大道、步行街、独立纪念碑、国会广场、五月广场、总统府玫瑰宫、大教堂、探戈发源地博卡区。

2016年2月26—27日

飞机抵达上海浦东。从上海站转乘特快卧铺，16小时后回到广州温暖的家。我将南极之旅的所有纪念品：房卡、登机票、分组胶环、住房信息、长城站日戳、两张中英文跳海的证书和DVD一一珍藏。

勇登地球三极、玩转全球是一个什么概念？那就是无愧于人生。在老去那天之前，饱含微笑，一页一页翻看一本凡人的长篇画册，然后平静地合上。啊！我生命的美好时光，都在全球最美好的地方度过，成为实至名归的国际旅行家。

三、北极舍身猛一跳

我常说，去青藏高原不去珠峰大本营，不算好汉；去南极不去长城站，会留下遗憾；去北极不去格陵兰，等于只去了一半；去了格陵兰没有跳海，不算挑战地球三极的终极目标。

如果说，旅游是一项累得高兴的活动，那么，2017年8月追随凯撒深度北极之旅，则是一次累得高兴的行程。

镜头回放：

8月4日，广州团16人从香港登机，抵达千湖之国的首都赫尔辛基，又一路小跑转机，赶往世界最北的国家——冰岛，与来自全国各地200多个驴友会合。

北极完愿

冰岛虽然只3个台湾面积大，深度游却要18天。这回路过只看了小镇黑沙滩、牧羊人瀑布和黄金瀑布、间歇喷泉、欧亚与北美板块分离、断线（裂缝宽1米，长达数公里）、冰岛议会旧址和国家公园。见证活火山和大西洋地心之门。

8月7日，飞往格陵兰康克鲁斯，登上"海钻号"，来到格岛第二大城市西西米特市。市长致辞特别欢迎。漫步老城区，满眼是18世纪的老房，我们品尝格岛特色美食海豹和鲸肉；参观雪橇犬、看皮划艇表演。

每艘船的风格不同。"海恩典号""大西洋号"邮轮，游客不能随便进入驾驶舱。但"海钻号"船长说：欢迎来驾驶舱驾驶"海钻号"。我们几个游客真的来到驾驶舱，方向盘是假把式。船长注视前方，一边叫口令，一边为我签字纪念。

翌日，登上格陵兰第二大岛迪斯科。先看原住民因纽特人载歌载舞表演，品尝当地人的蛋糕，了解格陵兰人的生活；接着分别登山和远足，看沿途独一无二的岩石奇观和冰山一角。

船上，丹麦专家同原住民阿卡讲述格陵兰岛的前世今生。约在公元982年，丹麦人红胡子埃里克因为犯谋杀罪而从冰岛流亡至此。他经过两个夏季的考察，发现该岛西南沿海地段，可防寒风袭击，还长满青嫩的植被。

面对四周一片冰天雪地的荒原，红胡子将这片长满绿色植被的沿海地段命名为"格陵兰"，意为"绿色的土地"。红胡子企图以这个充满生机的称谓诱惑世人，迁徙到这个荒凉的冰原上。

他在探险日记中写道："假如这个地方有个动人的名字，一定会吸引许多人到这里来。"这一妙计果然成功，一大批北欧移民携带家财和牲畜渡海而来，和1000多年前从加拿大迁至格陵兰的因纽特人和睦相处，以捕鱼狩猎为生。

12世纪时，居民点有280多个，人口达数千人，还建立了一个天主教的主教辖区，建有教堂17个，罗马教皇还派人来征收教区税。

982年，移居冰岛的挪威人和丹麦人同时发现了格陵兰，1261年将其变成挪威殖民地。1380年丹麦与挪威联盟，共同管辖格陵兰，格陵兰成为丹麦的殖民地。该岛归属问题发生争执，1933年，海牙国际法庭判归丹麦，成为丹麦的一个州。

1979年5月1日起，格陵兰正式实行内部自治，但外交、防务和司法仍由丹麦掌管。1973年，格陵兰随丹麦一起加入欧洲经济共同体。然而作为一个经济和生存都完全依赖海洋资源的岛屿，1985年，格陵兰脱离欧共体。

8月9日，穿越北极600公里，北纬71°，抵达乌马纳克镇，在海拔1175米高的心脏山脚，极目远眺，五颜六色、高矮参差的美丽建筑尽收眼底。身处北极圈，极昼的夜晚不会天黑，尽可欣赏日月同辉与峡湾秀丽的冰川。

下午，探险队队长、丹麦退役海军司令领着大家登岛看渔

▲2017年8月11日，
我完成北极跳海，成为南
北两极跳海的双料王

村，走进村长家，现代化用品琳琅满目。在沙滩，大家围观渔民宰杀海豹。海豹是欧共体法律保护的动物，格陵兰人依靠捕猎为生，成为他们脱离欧共体的根本原因。

下午，听科普专家讲格陵兰岛海生和陆生动植物知识。格陵兰的植物以苔原植物为主，北部沿海动植物更多，包括苔草、羊胡子草和地衣。一些无冰地区除了一些矮小的桦树、柳树和桤树丛外，几乎无别的树木生存。

格陵兰的冬季没有太阳（极夜现象）。但在夏季由于极昼24小时的日照，格陵兰迎来大量来此繁殖的鸟类，许多鸟类全年驻足于此，包括雷鸟、三趾鸥、贼鸥、小雪巫鸟和栖息悬崖峭壁的格陵兰企鹅，许多植物也生长旺盛。

格陵兰岛是北极熊的家园，还有狼、北极狐、北极兔、驯鹿和旅鼠等。大批麝牛分布于岛北部，极厚的外皮能保护它们免受冰冷的北极风冻伤。在沿岸水域常见鲸和海豹。咸水鱼有鳕、鲑、比目鱼和大比目鱼。

地下蕴藏丰富的铅、锌、冰晶石、铬、煤、钨、钼、铁、镍、铀和石油资源。

去北极，有一项活动是非常刺激和富于挑战的，那就是光着身子跳进北极圈冰冷的海水里。活动前，船上麦霸王心玲幽默地说："北大的证书好拿，北极跳海的证书不好拿。"

我琢磨王心玲的话，还是奉劝去南北极跳海的旅友，志在南北两极当跳海双料王，也要因人而异，不可心血来潮，抱着赌博的心理，勉强舍身一跳。

8年前我敢在南北极当跳海"双料王"，今天我快奔耄耋

格陵兰跳海证书

▲比北大证书更难拿的中英文版格陵兰跳海证书

之年，就要思考再三，岁月不饶人，历史上的老将廉颇、蒙恬、黄忠，毕竟是极少数人。

我当时琢磨着，奋不顾身跳入冰冷刺骨的北冰洋，需要体魄，更需要看淡生死的勇气。换句话说，拿北极跳海证书，要有跳下去上不来的心理准备，因为一切可以重来，唯独生命只有一次。

8月11日上午10时，船上围观勇士冰泳是行程最紧张刺激的活动。

上午9时，当我以71岁高龄，第一个来到跳海出舱口时，在羊群效应作用下，身后呼啦一阵引来56名冰泳游客。探险队长、丹麦退役海军司令惊讶地对中国领队张雷说：我还是头一次看到这么多人敢在北极跳海！

8月12日，观摩2004年被列为世界遗产的伊卢利萨特冰峡湾。行程丰富精彩，也是考验凯撒旅游组织能力的试金石。伊卢利萨特峡湾长40公里，是北半球流量最大的冰川，每年两百亿吨冰山崩裂和排出峡湾。

所有冰山都是移动的。冰山有的高达1000米，有的在峡湾搁浅，有时要等待多年才被峡湾上游的冰川和冰山的力量冲破，破裂的冰山流入大西洋。较大的冰山通常要到北纬40°～45°才融化。

▲我乘直升机巡航北极海域前和驾驶员合影

2004年，收入联合国教科文组织世界遗产名录，有4000多年历史的图勒人居住的村落古文化遗址，也位于著名的伊卢利萨特冰峡湾的塞摩米特山谷。

往返徒步这片土地，足需3小时。可以在欣赏壮丽冰山的同时，深入感受千年古城的魅力与情怀。自拍、合影，欢笑声此起彼伏，一个个天涯游子，久久驻足，流连忘返。

为确保200多游客能各取所需，人人都能享受到阵阵尖叫，一饱眼福，凯撒旅游和船方探险队轮番巡航、徒步、坐直升机，可以海陆空全方位、近距离看到伊卢利萨特冰川和鲸出没，活动持续到深夜。

8月13日，我们来到只有50人的小镇，看看只有4个学生2位老师的学校，过去中国人看到外国人好奇拍照，这回当地人首次见到中国人同样看热闹，纷纷围观嬉笑。大家登上冲锋艇，在伊蒂里格海域继续搜寻鲸鱼出没的踪迹。

8月14日，一出北极圈，便昼夜分明。惜别"海钻号"，中午大家来到康克鲁斯，尝鲜国内难得一见的、人均300多元的特色美食：鲸鱼肉、鹿肉肠、麝牛肉、三文鱼、鲁冰花、芦笋拌鳞虾等。

8月15日，返程前往冰岛泡澡。沉醉在五湖四蒸一冲浪的蓝湖，但见白色的湖底是二氧化硅，湖水是呈宝石蓝的地热海水池；随后参观1985年里根和戈尔巴乔夫共同签字结束冷战的丰惠楼、大教堂、峡湾、珍珠楼。

揭开面纱

多少年来，我们曾把格陵兰的原始与朦胧同泰坦尼克号的遇险相提并论，并一边传诵神话故事和追梦，一边又为北极的惊险纠结而忐忑不安。

1912年4月14日深夜，泰坦尼克号在第一次航行中撞上冰山，于次日凌晨2点20分沉没于北大西洋海面。超过1500人遇难，仅705人获救，6名中国人幸存。

而今梦想成真，眼见为实，格陵兰的神秘面纱终于被揭开，它不再是世人心目中的世外桃源，格陵兰也正朝着现代化社会快速前进。

格陵兰东部为国家公园，人烟稀少；西部居住着因纽特原住民。格陵兰每年有4个月冰封，平均温度0℃以下，最低可达-70℃。作为世界第一大岛，格陵兰83.7%为冰盖；作为世界第二大冰原，格陵兰储存了世界30%的淡水。

格陵兰人文颇为复杂独特，信仰基督教路德宗，这次行程我们看了不少教堂。丹麦歌手说，语言是外星世界来到地球的病毒。汉语语法双重否定即为肯定，在因纽特语系里，双重否定是模棱两可的否定。

全球变暖是个伪命题，但气候变暖却在格陵兰得到印证，以前路旁几十米一片白色，现在推至十几公里远的山头才会见到白雪皑皑。用人间净土来形容格陵兰并不为过。站在伊卢利萨特岸边眺望，隔海可以看到150里以外的迪斯科岛。

这里生存条件艰苦，用水车定期送水到公用水箱，各家用水到水箱打水。陆上日常岛屿间的联系全靠游艇和直升机。房屋星罗棋布，五颜六色。学校是绿色，医院是黄色。为抵抗恶劣天气，所有通水通气露天管道都外加保护层。

世间不缺快乐，缺少的是快乐的心。

坟墓，在中国人心中颇有忌讳，务必远离市区，但格陵兰坟墓就在市场区随处可见，每到周六，人们都要前来瞻仰目

▲格陵兰岛大山深处的因纽特姑娘（即爱斯基摩人）

标，珍惜生命活着就好之意。

但行走在格陵兰市区或小镇，沿途触目所见是黑色塑料袋。地接说，这是当地人的居家移动厕所，塑料袋套在一个塑料筒上，用完扎好口袋，拿到路边，每个星期有专人前来拉走。全岛风俗如此，大家顿时摇头无语。

参观博物馆时，有人喊要上厕所，一问，周边只有馆内一个男女共用厕所，两个队瞬间排起20多人的长队。按男的1分钟，女的2分钟计，需30分钟，结果不到20分钟个个捂住鼻子，被浓浓的氨水味呛得睁不开眼，夺门而出！

在迪斯科岛和伊卢利萨特郊外，随处可见帐篷旅馆、青年驿站，那些爱好旅游的发烧友，有男有女，三三两两，背着行囊，走到哪里，觉得累了便钻进帐篷休息。

满满的收获

难忘的北极之行，满满的节目，丰富多彩，涉及巡航、登陆、参观、冰泳、美食、徒步远足、知识讲座方方面面，从理论到现实，近距离深度看格陵兰。

"知多世事胸襟阔，识透人情天地宽。"人类知识的获得来自多个渠道，包括书本所获、社交所得、游历所悟。有人旅游是为了寻开心，有人旅游是为了犒劳人生，有人旅游就是探险、探秘、探胜、猎奇，而我是兼有去旅途中发现高人之心。

秉持处处留心皆学问，事事都做有心人的习惯，这次北极之旅，我品尝到读万卷书，行万里路；与君一席话，胜读十年书的喜悦。在旅途中有幸碰到哲学博士易江教授，他是重量级的高级学者，也是人民网特约作者，受益匪浅。

英伦才子阿兰·德波顿也说："旅行是万众的权利，不同文化程度和人生基调，会使同样的旅途，迈出不一样的脚步。"明代学者金圣叹还说："一个旅行者带在身边最必要的东西是胸中一副别才，眉下一双别眼。"

品味阿兰·德波顿和金圣叹的至理名言，似可这样说，一个成熟的世界旅游者，行走在路上的行囊，不仅要备足有形的护照、黄皮书、外币、银行卡、相机、录音笔、手机、充电宝、移动硬盘、笔记本电脑、水杯、雨伞、洗刷用品等；一个有文化的国际旅行家，还要怀有三个锦囊（文化锦囊、生命锦囊、灵魂锦囊），用文化品味旅途的精彩、用养生为旅途保驾护航、用哲学将旅途所思所感上升为灵魂境界。

他的目光一定是超越普通的背包客，看到与众不同的世界！三种锦囊能助你旅途聚集人气，广交朋友，使自己在时空认识上得到全面提升。本书将一个国际旅行者的旅游锦囊附于书后，以飨读者。

附 录

一、文化锦囊

文化是凝结在物质之中，游离于物质之外的社会现象，是能够被传承的国家或民族的历史、地理、风俗和生活方式，是根植于人的内心修养、无须提醒的自觉、宽恕他人的善良。

文化又分显性文化（工具、服饰、日常用品）；隐性文化（生活制度、行为规范、审美情趣、精神图腾、宗教信仰、思维方式、价值观念、文学艺术、哲学政治）。个人成才、家庭兴旺、国家崛起无不靠文化。

人类文化学把世界文化分为西方文化（即工商文化）和东方文化（即仕农文化）。中西方文化表现在思维方式、价值取向、伦理道德、行为规范等迥然不同。东方仕农文化认为，只有升官才光彩，务农才久远。

一个人有知识不等于有文化，有文化不等于有教养。高学历不等于高素质，高学历是谋生的垫脚石，可以从读十几年的书本知识获得。高素质则是品学兼优、学以致用的滋养与历练。

一个行走世界的旅游者的"文化行囊"里，最宜装点一些国学经典、国内外著名高等学府、实物博物馆的基本常识。人类文化遗产的实体尽在图书馆，在高校，它被誉为第二课堂。

读书在于读，而非书上。李白读后有"登高壮观天地间，大江茫茫去不还。黄云万里动风色，白波九道流雪山"的情怀。阅读的人心态不会老化。读书，远有延长寿命的功效，近可以"消愁、疗伤、治癌。"

1.读书消愁

毛泽东说："愁闷时看点古典文学，可以起到消愁破闷的作用。"毛泽东读书极为广泛，中外历史、地理书籍，仰慕尧舜、秦始皇、汉武帝，世界英杰传拿破仑、彼得大帝、华盛顿、卢梭、孟德斯鸠、林肯。最后看的是《容斋随笔》。

"文革"中，他要刘少奇看德国海克尔的《宇宙之谜》、法国拉美特里的《人是机械》、中国汉代的《淮南子》；要王洪文读《刘盆子》，要许世友看《红楼梦》。1972年，他赠《楚辞》给日本首相田中角荣；他要周扬原样出版《金瓶梅》。

2.读书养气

习近平也是读书较多的时代人物。他用读书的办法贮养浩然之气。2013年，他晒了自己读过的中外书单：

《复活》《浮士德》《怎么办》《热爱生命》《老人与

海》《红与黑》《战争与和平》《悲惨世界》《人间喜剧》《九三年》《沉思录》《忏悔录》《沉沦》《莎士比亚》以及巴尔扎克、笛卡尔的著作；德国《李比希文选》、魏格纳的《海陆的起源》、奥地利《薛定谔讲演录》、环球宏观战略研究。《三言二拍》的警句背得烂熟，他对星云大师的书也有涉猎。"不忘初心，方得始终"即出自《华严经》。

3. 读书"治癌"

中医师骆降喜是"读书可以治癌"的教父。他认为，内环境决定一个人的健康，癌症是因人体内环境紊乱造成的。21世纪癌症高发，大家都怪罪空气、水质、重金属污染、农药残留，却忽略快节奏、大压力、高欲望、多应酬为致癌主因。

静下心读书，过慢生活，学会"上善若水"，位高处低，通过导引，气沉丹田，不追逐名牌高档，提升自身修行和道德文化，对战胜癌症会起决定性作用。定力好即便是癌症晚期，也可以活出质量，甚至带癌长寿。

同是治癌，中医是内省文化，主张保守治疗，精神调理，带病生存；西医是外求文化，注重检测数据，主张手术化疗放疗。西医又是对抗文化：抗生素、抗病毒、抗肿瘤；中医是和合文化，强调阴阳平衡、中和调和，让细胞改邪归正。

人即小天地，天地交，万物荣；上下交，邦国宁。气沉丹田，口水丰盈，细胞旺盛。若欲望过多，神不守舍，心浮气躁，就会气血不通，形成痈疽痞块。

二、生命锦囊

人的生命有长度、宽度和高度。长度是人的寿命，宽度是人的生命价值，高度是人的思想境界。人类无法把握生命的量，却可提升生命的质。

一个旅游者，如果你的养生行囊里，多装一些养生信息与大家分享，会让驴友觉得你是一个活着的明白人。

理想的人生是：活得长，病得晚，死得快。水不动是死水，钱不动是废纸，人不动是废人。竞争力不如免疫力，病得少不如性格好；善治不如善养，善养不如善游；路在脚下，动起来了，生活就有了激情。

影响寿命的十大因素：遗传、体质、婚姻、睡眠、情绪、仪表、社交、情绪、饮食、性生活。享年98岁的何鸿燊透露自己的长寿秘诀："和蛇一样，秋收冬藏，秋天和太太分房睡。"

台湾百岁名人陈立夫说："人老脑先老，读书用脑，能让人增强脑细胞的免疫力。正确用脑的存活率分别为：脑力劳动者85%、体力劳动者39.6%、无业者28%；我晚年寻找精神寄托，写书30多本，编书70多本。不发脾气，觉睡得好。"

人生就是做好两件事：一是照顾好自己，健康活着；二是教育好孩子，勤奋读书。何鸿燊说："人都叫我赌王，其实我不赌。我告诫子女：人脉是金牌，学历是王牌。要读好书为自己增值，财富不会一生跟着你，只有学问一生受用。"

做生命宽度的健康者，是说无论你多么有成就，一旦失去健康，瞬间就失去人生价值和生命尊严。世人若有多余的钱可以去旅游，不要只顾存银行，养好身体才是最好的储蓄。

老年人如何保养

日本和田医生说，超过70岁的老年人，不需要定期体检，因为"健康的标准"因人而异。他还说：医生说的话，有的不要相信。因为医生接触的都是病人，他们并不了解健康究竟是什么，为了预防什么而服药几乎没有意义。

老年人也不需要经常吃安眠药。上了年纪睡眠时间减少是自然现象，没人因为失眠而死亡。一天24小时，想睡就睡，想起就起，这是老年人的特权。

老年人普遍担心的胆固醇值，即使高到一定程度也不用担心。因为胆固醇是人体生成免疫细胞的原料。免疫细胞多，老年患癌的风险就会降低。另外，男性荷尔蒙的一部分也是由胆固醇构成的。胆固醇值过低，男性的健康无以为继。

同样，血压高一点也没有关系。50多年前，人类普遍营养不良。所以，血压达到150左右时，血管就会破裂。但现在很少有人营养不良，所以即使血压超过200也不会导致血管破裂。他的养生秘诀总结为"31句话"：

1.坚持步行。

2.感到烦躁的时候就深呼吸。

3.运动以身体不会感到僵硬为宜。

4.夏天吹空调的时候多喝水。

5.咀嚼的次数越多，身体和大脑就越有活力。

6.记忆力衰退不是因为年龄的增长，而是因为长期不使用大脑。

7.没必要吃很多药。

8.不必刻意地降低血压值和血糖值。

9.只做喜欢做的事，不做讨厌做的事。

10.无论如何，不要一直足不出户。

11.想吃什么就吃什么，微胖的身材刚刚好。

12.不管什么事都细致地做。

13.不要和自己讨厌的人打交道。

14.与其和疾病斗争到底，不如和它共生共存。

15."车到山前必有路"是让老人幸福的魔法咒语。

16.睡不着也不用勉强。

17.做开心的事最有利于提升大脑的活性。

18.尽早找一个"家庭医生"。

19.不要过度地忍耐或者勉强自己，当一个"不良老人"也没什么不好。

20.停止学习就会变老。

21.不要贪慕虚荣，拥有现在所拥有的一切就已经很好了。

22.天真是老人的特权。

23.越麻烦的事，其实越有趣。

24.做对别人有益的事。

25.悠闲地活在今天。

26.欲望是长寿的源泉。

27.以乐天派的状态活着。

28.生活规则掌握在自己手里。

29.坦然接受一切。

30.性格开朗的人会很受欢迎。

31.对症按摩，辨证施治，可激活荷尔蒙，增强免疫力。

三、长寿秘诀

个人有以下几点感受：

1.别人一个手术动辄几万，你旅游感冒都很少，就赚了一大笔钱。

2.有人因收藏、炒股、深陷集资陷阱，造成巨额资金流失，而你旅游未中招又赚了一大笔钱。

3.你没有街头被抢、被车撞住院，你实际又赚了一笔钱。

4.节假日错峰出游，淡季出行，比旺季节约30%～50%，你又赚了一大笔钱。

5.你没有因猎艳、赌博、中彩、电信诈骗被敲诈勒索，又节约了一大笔钱。

6.很多同龄人先你而离开世界一二十年，你仍健康活着，就是增值。

"寡思路以养神，寡嗜欲以养精，寡言语以养气。"中医药学者李庆远特别强调善养生者必以慈、俭、和、静四字为根本。食不过饱，过饱则肠胃必伤；眠不得过久，过久则精气耗散。

高寿学者邓铁涛、季羡林、于光远，直接总结"大道无道，大养无养"。他们既不运动，也不进补，就是多走路、读书、开朗、盘坐、睡觉、晒太阳。认为喝水是长寿第一要素，睡觉是长寿第一大补。

民国元老吴稚晖（1864—1953）的养生之道，是"独宿、吃粥、泡脚"。他说养生的精髓是爱惜元气，粥可养胃，泡脚催眠强身。阳光、空气、水比药好，是药三分毒，西药伤肝，中药伤肾。

美国研究人员对1000多名百岁寿星进行3年跟踪研究，"厚脸皮"（豁达、大方、自信、心态好）的人更长寿。来自世界各国科学家研究，用脑多者多半长寿。

做精气神的健康者

人有三宝：精、气、神。健康才能思维平衡，头脑冷静。美国斯坦福大学教授研究，四项运动最养人：交际舞、散步、击剑、游泳。

一位英国哲人说："除了一个知己挚友以外，没有任何一种药物可以治疗心病。"到陌生人的国度，主动接近陌生人应视为一种社交法则，更是精气神的守护方。

四、灵魂锦囊

灵魂，不同宗教、哲学和科学有不同的解释。科学界有两种猜想，一种认为，灵魂由能量波组成，另一种认为，灵魂来自其他维度或空间的映射。柏拉图说："每个人的灵魂中有三种品质：理性、激情和欲望。"

旅游者的灵魂，指思想、人格、信念和哲理，都是灵魂的延伸，如"人生如草，熬过去就有春天"。我是登台表演时坚信"长风破浪会有时"；离开舞台后独善潜修活出诗意人生：遨游逾百国，度假邮轮上、露营珠峰下，探险南北极，获南极跳海、北极冰泳勇士和国际旅行家称号，《探险登南极圆梦七大洲》夺得游记大赛冠军。

马克·吐温的名言每一句都值得典藏："你是了不起的人物，但你在亲友眼里可能一文不值。"是说人的社会属性是探照灯，十里香八里臭。"生活的成功需要两个因素：愚昧以及自信。"

高被引，是"高频次被引用"的缩写。哲学，是一个囊括所有智慧，集宇宙秘密于一体的伟大学科，也是全球被引用最高频次的学科。一篇文章高频次引用哲理警句，会让人觉得富有含金量。

▲上图为1999年7月15日，我出席在北京人民大会堂召开的全国征文颁奖大会，和与会嘉宾之一、原中央委员会副主席李德生合影

哲学起源于仰望星空、对宇宙和人生产生惊奇和疑惑，继而纵深追问和精密逻辑求证，包括意识之谜、物质之谜、宇宙之谜、生命之谜。故学哲学，无须慧根，但需要爱智和疑问，寻求解决的根本。

古希腊的泰勒斯是

第一个哲学家。他认为水是万物起源，是一切存在的依据；上帝给了人有限的能力和无限的欲望。人类对存在的探索，对有限与无限的思考，对此岸与彼岸的追求，反映到文明上就是哲学。

"哲学由惊奇而发生"（柏拉图），"求知是人的本性，由惊奇而开始哲学思维"（亚里士多德），"哲学是特殊的思维活动，对绝对的追求"（黑格尔），"哲学是介乎神学与科学之间一片无人之域"（罗素），"哲学是全部学科之母"（爱因斯坦）。

中国著名哲学家冯友兰（1895—1990）说："中外哲学的产生皆起源于疑问。"他把人生分为四种境界：自然境界（顺其自然）、功利境界（奋斗目标）、道德境界（道德目标）、天地境界（宇宙空间）。

公元前800年至公元前200年是人类文明的轴心时代，希腊、印度和中国同时产生哲学。当希腊哲学在全球得到认同，又发展为西方哲学、伦理学、宗教学、科学哲学、辩证唯物主义、唯心主义、不可知论。

希腊智慧源头注重意识和物质，产生物理学；印度智慧源头是《奥尔书》；中国智慧源头是《易经》，产生格言警句与处世哲学，如"人生以无常为警策，处事以尽心为有功，遇险以不乱为定力，济物以慈悲为根本"。

中国哲学起源于《河图》《洛书》对宇宙的认识，之后伏羲创造八卦，表达万物的时空和阴阳之道。萌芽于殷、周，代表作是周文王的《周易》，老子的《道德经》，鬼谷子的《捭阖策》。成熟于春秋战国，研究天人、古今、知行学说。

《周易》从宏观解释宇宙，称天书；《道德经》将天地运转、万物轮回、天地人说透，称神书；《捭阖策》讲安身立命，称奇书。据传说鬼谷子的徒弟有孙膑、苏秦、韩非、商鞅、范蠡、文种、毛遂、吕不韦、白起、乐毅、赵奢、王翦、李牧、甘茂。

有人问杨振宁："有没有一个人形状的上帝？"杨振宁说："那我想是没有的。如果你问有没有一个造物者，那我想是有的，因为整个世界的结构不是偶然的。"其实，造物主指的就是世间万物的缔造者。

创造神，是追溯宇宙万物的起始，创造神多以宗教形式出现。造物主，代指创造宇宙万物的神。神以不同的形式与名字出现在各种神话与宗教中，而且有不同的创世神。在一神论宗教体系中，神就是世界本原。

哲学不能当饭吃，却知道吃饭为了什么。它不是科学，却能给人真理，教人如何活着，心灵怎么安宁。故哲学是对抗生命没有意义，站得更高、看得更透，达到象外之境的境界学。

人类懂事以来，就意识到自己终将死去。思考死亡的哲学意义在于，不思考则活得轻浮，思考则活得沉重。如果人对死足够认真，便活不下去；如果对死都不认真，那又活得毫无意义，哲学为无聊和有趣找到了最佳结合点。

人活着重在过程，是对死亡不变的思考与追问，对一个没有答案的问题探索与追求，导致哲学思维的出现。人类哲学思维的先知是摩西（摩西十诫）、耶稣（苦难源于罪恶）、弗洛伊德（创造力源于欲力）、爱因斯坦（知识源于想象力）。

哲学是探究世界最本质最普遍规律的学科根基；是理论化、系统化了的世界观与方法论的统一；是自然、社会和思维知识的概括与总结；是系统研究和反思人生的学问。

哲学有许多问题没有终极答案，众说纷纭、难有定论。但人类可以在思考过程中形成自己的观点。譬如柏拉图提出人有三个特征：有欲望，有激情，有理性。而今我认为，人还有第四个特征：有身份。

名人身份是无形资产。亿万富豪九成出身名人家族，名人商演出场费和字画拍出天价，诺奖得主莫言的书法作品《我观》，被炒到60万！名人出书免费，奥巴马的《应许之地》就被预付6500万美元者抢到。

耳闻不如目睹。环游世界十多年，从看博物馆实物，听导游介绍，到遗址实地考察，让我大长知识，世界由多元民族、不同文明组成，各种文化共存共享，观念各异但殊途同归，都是共同指向要好好生活。

寻找远方的诗，五千年前，中国和伊拉克、埃及一样面对洪水；四千年前，和伊朗一样玩着青铜器；三千年前，和希腊一样思考哲学，和印度黎巴嫩一样研究佛学；两千年前，和意大利一样四处征战；一千多年前，和阿拉伯一样无比富足。

厚德载物分别代表能量和质量，承载钱财、名利，子孙、家庭、事业。不懂感恩的人，注定没有未来；德不配位的人，肯定会有灾殃。所谓"享十金之产者，定是千金人物；享百金之产者，定是百金人物"。

祸福相倚。世间一切都没有离开哲学领域的两大特征、三大规律、五大范畴。哲科悖论：水能载舟，又能覆舟；物种越进化，死亡越快速；人类文明程度越高，危机越深重；智商越高，灭亡速度也越快。

人类历史上哲学家群星璀璨，较常见的世界十大哲学家为：老子、亚里士多德、柏拉图、牛顿、哥白尼、伏尔泰、笛卡尔、爱因斯坦、马克思与恩格斯、孔子。

他们有的在几千年前，便能说出今天让人豁然开朗的精神作料，被人们当作永恒不变的真理，高频率引用。

后　记

　　著书是遗憾的艺术。正如恩格斯所说："我们只能在时代条件下进行认识，而这些条件达到什么样程度，我们便认识到什么程度。"人生有限，知识无涯。本书是我几十年旅游观察和思考的结晶，从大纲确定、框架构思、谋篇布局，到遴选出版社，是夏显夫慧眼识珠将富含金矿的书稿，从悬崖上拉到花城出版社来。

　　三十多年来，我的晚年生活只做一件事：遨游世界。旅途中十分注重用图文记录人生轨迹，在发现濒临消失的奇风异俗和颇具收藏价值事物的瞬间，会顾不及"光圈、快门、感光度、对焦、测光、白平衡"，也来不及讲究"鲜明的主题，突出的主体，简洁的画面"，赶快掏出手机闪拍。

　　整十年，除了遨游世界，平常我就是精骛八极、神游万仞，潜心高山空谷，精心谋划境界广博、滋养心灵的《远方的诗》，旨在让每个年龄段、各种身份与职业的读者，翻开自序和扫码视频，便能找到各自的兴奋点。该书穿越时空、通透古今、富含哲理的特点，会让人读后醍醐灌顶，脑洞大开。

　　以亲身经历与幸运握手，展现我打卡世界、有尊严地活着的生命历程。永远在路上追梦不止，是我活着的终极意义和价值取向。本书信息海量、文化深厚，集警世性、文学性、工具性于一体，是经得起岁月打磨的生命剧本和精神瑜伽。

本书文档、图片和视频方面的技术处理，有赖日本国立女子大学研究生陈少倩鼎力支持。书中部分资料，均选取或化用网络共享平台资源，取其精髓，因篇幅所限，未一一注明出处，特此一并致谢！